질투

La Jalousie

세계문학전집 **84**

질투

La Jalousie

알랭 로브그리예

박이문, 박희원 옮김

민음사

지금 기둥——지붕의 남서쪽 모서리를 받치고 있는 기둥
——의 그림자는 기둥 밑에 맞닿은 테라스의 동위각을 정확
히 반분하고 있다. 이 테라스는 지붕으로 덮인 넓은 회랑
(回廊)의 형태로, 집을 세 면에 걸쳐 둘러싸고 있다. 테라
스의 폭은 집의 중앙과 양쪽 편이 같기 때문에 기둥이 투
사하는 그림자의 직선은 정확하게 집 본체의 모서리에 가
닿는다. 그러나 그림자는 그곳에서 끝난다. 태양이 아직
중천에 떠 있어, 테라스 바닥의 포석들만 비추고 있기 때
문이다. 집의 목조 벽들, 그러니까 정면과 서쪽 박공[1]에는
지붕 때문에 햇빛이 들지 않는다. (이 지붕은 집의 본체와
테라스를 함께 덮고 있다.) 따라서 지금 이 순간 지붕의

---

1) 지붕과 삼각형의 합각머리를 이루는 면을 말한다.

모서리 그림자는 집의 모퉁이, 두 벽면과 테라스 면이 만나 생긴 직각선과 정확하게 일치한다.

지금 막 A⋯는 중앙 복도와 연결된 안쪽 문을 통해 방에 들어왔다. 그녀는 창문 쪽으로 시선을 주지 않는다. 창문은 활짝 열려 있다. 아마 그녀는 문에 들어서면서부터 창 너머 테라스 이편을 볼 수 있었을 것이다. 지금 막 그녀는 방문을 다시 닫으려고 몸을 돌렸다. 여전히 밝은 빛깔에 깃이 빳빳하고 몸에 딱 붙는 드레스를 입고 있다. 점심때도 입고 있던 것이다. 크리스티안은 헐렁한 옷일수록 더위를 견디기에 수월하다고 여러 차례 그녀에게 말했다. 그러면 A⋯는 그저 미소 짓고 마는 것이었다. 그녀는 더위를 타지 않았다. 훨씬 더운 기후, 예컨대 아프리카와 같은 기후도 겪었지만 아무렇지 않게 견디었던 것이다. 게다가 그녀는 추위도 두려워하지 않는다. 어디를 가도 불편을 모른다. 그녀가 고개를 돌리자 검은 머리 타래가 물결치듯 양어깨와 허리 위에서 부드럽게 움직인다.

난간의 굵은 나무 손잡이에는 페인트칠이 거의 남아 있지 않다. 때 묻은 나뭇결이 드러난 위로 미세한 틈들이 길게 나 있다. 이 난간 너머 테라스 아래로 2미터는 족히 되는 곳에서 정원이 시작된다.

그러나 방 안쪽에서 내다보는 시선은 난간 너머 훨씬 멀리 나아가서 작은 골짜기와 마주 보는 산비탈 위, 플랜테이션 농장의 바나나 나무들에까지 가 닿는다. 깃털 같은 넓은 초록빛 바나나 나뭇잎이 무성해서 그 사이로 맨땅은 보이지 않는다. 반면 이 지방에서 바나나 나무 재배를 시작한 것은 극히 최근의 일이기 때문에, 어린 바나나 나무들이 줄지어 고르게 교차하고 있는 양상은 눈으로 똑똑히 따라갈 수 있다. 눈에 보이는 거의 대부분의 불하지(拂下地)가 모두 사정은 마찬가지다. 오래된 경작지들——바나나 잎이 무성해서 나무의 배열이 무질서해 보이는 곳——은 골짜기의 보다 상류 쪽, 다시 말해 집 저쪽 편에 위치하고 있기 때문이다.

고원의 기슭보다 약간 낮은 높이로 도로가 뻗어 있는 곳 역시 집의 저쪽 편이다. 도로는 불하지로 통하는 유일한 길인 동시에 불하지의 북쪽 경계를 나타낸다. 차가 다닐 수 있는 작은 길이 도로부터 창고까지 이어져 있고 그 길은 좀 더 아래로 내려와 집에까지 다다른다. 집 앞에는 경사가 매우 완만한 넓은 공간이 있어 차가 다닐 수 있다.

집은 앞쪽 안마당과 같은 높이의 평지에 서 있는데, 사이에 베란다나 회랑 없이 안마당과 곧바로 이어져 있다. 반면 집의 나머지 세 면은 테라스에 둘러싸여 있다.

안마당에서부터는 땅의 경사가 급해지기 시작해서, 집의 중앙 면에 있는 테라스(즉 남쪽 정면을 둘러싸고 있는)는 정원보다 적어도 2미터는 높게 자리 잡고 있다.

정원 주위로 우거진 초록빛 바나나 나무들은 경작지의 경계선까지 펼쳐져 있다.

집의 오른편과 왼편 모두 바나나 나무들이 너무 가까이 들어서 있고 테라스가 상대적으로 높지 않기 때문에, 테라스에서 바라보면 그쪽 바나나 나무들의 정연한 배치를 구별할 수 없다. 반면 골짜기 안쪽으로 가면 오점형[2]을 이루는 바나나 나무의 배치를 첫눈에 알아볼 수 있다. 아주 최근에 다시 나무를 심은 경작지—그곳에서는 불그스레한 대지가 이제 막 초록 잎사귀에 자리를 내주기 시작했다—의 경우, 어린 나무줄기가 줄지어 교차하면서 사방으로 뻗어나가는 규칙적인 흐름을 눈으로 쉽게 따라갈 수 있다.

이것은 맞은편 산비탈을 차지하고 있는 소농지들에서도 그리 어렵지 않게 관찰된다. 새로 난 잎사귀가 보다 무성하게 자라 있지만 소농지들은 실상 눈으로 관찰하기 가장 쉬운 곳에 자리 잡고 있다. 그곳은 또 감시하기에 가장 수월한 위치이며(비록 거기까지 도로를 통해 가자면 꽤 멀긴 하지만) 방에서 열린 두 창문 어느 쪽에서나 무심히 시선을 둘 때 자연스럽게 바라보게 되는 위치인 것이다.

방금 자신이 닫은 실내 쪽 문에 등을 기대고 A⋯는 무심한 눈길로 칠이 벗겨진 난간의 나무를, 좀 더 가까이 마찬가지로 칠이 벗겨진 창문의 아래쪽 창틀을, 그다음엔 더 가까이 마룻바닥의 잘 닦인 나무를 바라본다.

그녀는 방 안쪽으로 몇 걸음 내딛어 커다란 서랍장으로 다가선다. 그러고는 제일 위 서랍을 연다. 그녀는 서랍의 오른편 종이 뭉치들을 뒤적거리고, 안을 더 잘 들여다볼 양으로 서랍을 좀 더 끌어낸 뒤 몸을 숙인다. 다시 한번 자세히 살펴본 후에 그녀는 몸을 다시 세우고 팔꿈치를 몸

---

2) ⋮⋮ 모양으로 배치된 것을 의미한다.

에 붙인 채 꼼짝 않고 있다. 양팔의 팔꿈치 아랫부분은 굽혀진 채 그녀의 상체에 가려져 있다. 그러나 그녀의 두 손에는 분명히 종이 한 장이 들려 있다.

그녀는 지금 밝은 쪽으로 몸을 돌린다. 눈을 피로하게 하지 않으면서 편지를 계속 읽기 위해서다. 기울인 그녀의 옆모습은 더 이상 움직이지 않는다. 종이는 퍽 연한 파란색으로 보통의 편지지 크기이며 네 쪽으로 접혔던 자국이 선명하게 남아 있다.

편지를 손에 쥔 채 A…는 서랍을 다시 밀어넣고 작은 책상(그 책상은 두 번째 창문 곁, 방과 복도를 분리하는 벽에 붙어 있다.) 쪽으로 다가간다. 그리고 책상 앞에 앉는 것과 동시에 종이 받침 사이에서 연한 파란색 종이 한 장을 꺼낸다. 그것은 방금 전의 것과 똑같은 종이지만 아무것도 적혀 있지 않다. A…는 만년필 뚜껑을 열고 아주 잠깐 동안 오른쪽으로 시선을 던진다. (그러나 시선은 그녀 뒤에 있는 창까지도 미치지 못한다.) 그러고는 고개를 종이 받침 위로 숙이고 편지를 쓰기 시작한다.

윤기 흐르는 검은 머리 타래는 등의 한복판에서 움직이지 않는다. 조금 아래쪽으로 드레스의 금속 지퍼가 등뼈의 곧은 선을 드러내 보인다.

지금 기둥——지붕의 남서쪽 모서리를 받치고 있는 기둥——의 그림자는 길게 늘어져, 집의 정면 테라스의 중심부를 지나 바닥의 포석까지 닿아 있다. 테라스에는 저녁에 앉아서 휴식을 취하도록 팔걸이의자들이 놓여 있다. 벌써 그림자의 끄트머리는 집의 정면 중앙에 있는 현관에 거의 다다랐다. 집의 서쪽 박공 위로 태양이 대략 1미터 50센티 미터 높이에서 박공의 나무를 비추고 있다. 따라서 이쪽으로 나 있는 세 번째 창문에 블라인드[3]가 내려져 있지 않았다면 햇빛이 방 안 가득 비쳐들었을 것이다.

테라스의 서쪽 날개의 한쪽 끝은 식당에 딸린 부엌과 통한다. 반쯤 열린 문을 통해 A…의 목소리가 들린다. 이어서 노래하는 듯 수다스러운 흑인 요리사의 음성이 들리고, 다시 조심스러우면서도 야무진 목소리가 저녁 식사를 준비하라고 지시한다.

태양은 고원의 제일 끝에 솟은 바위 뒤로 사라졌다.

골짜기와 마주한 채 토산품 팔걸이의자에 앉아서 A…는 전날 밤 빌려온 소설을 읽는다. 그들은 이미 점심때도 그 소설에 대해 이야기했었다. 그녀는 눈길 한번 돌리지 않고, 글자가 보이지 않을 정도로 날이 어두워질 때까지 계속 책을 읽는다. 그러고는 고개를 들고 책을 덮는다— 책은 나지막한 테이블 위 손이 닿는 곳에 놓는다—그리고 그녀는 자신의 앞쪽으로 시선을 고정시킨다. 앞쪽에는 세로 살로 이루어진 난간과 맞은편 언덕의 바나나 나무들이 있지만 금세 어둠 속에 묻힌다. 그녀는 사방에서 올라오는 소리, 저지대에 군집하고 있는 귀뚜라미 떼의 울음소리를

---

3) 이 작품의 제목을 나타내는 단어 la jalousie는 불어로 두 가지 뜻을 가지고 있다. 하나는 '질투'이고 다른 하나는 창문에 치는 발, 혹은 블라인드이다. 블라인드의 틈새를 통해 아내의 부정을 감시하는 남편 (화자)을 암시하는 이 작품에서, '블라인드'는 '질투'라는 감정이 물화된 표상이다.

듣고 있는 듯 보인다. 그러나 단조롭고 귀가 따갑도록 계속 이어지는 그 소리는 듣는다고 할 수 없는 소음에 불과하다.

저녁 식사를 하기 위해 프랑크는 자리를 또 함께 했다. 만면에 웃음을 띠고 있는 그는 상냥하면서도 수다스럽다. 이번에는 크리스티안이 함께 오지 않았다. 그녀는 열이 나는 아이 때문에 남아 있다는 것이다. 이것은 종종 있는 일이다. 가끔씩 크리스티안의 남편은 아내 없이 혼자 온다. 아이가 핑계이기도 하고, 크리스티안 자신의 문제 때문이기도 하다. 그녀는 이 지방의 덥고 습한 기후에 잘 적응하지 못했고, 너무나 수가 많고 감독이 잘되지 않는 하인들 때문에 성가신 일이 많았다.

그러나 오늘 저녁 A…는 크리스티안을 기다리는 눈치다. 어쨌든 그녀는 네 사람분의 식기를 준비시켰으니까. A…는 곧바로 필요 없게 된 식기 한 벌을 치우라고 지시했다.

테라스에서 프랑크는 나지막한 팔걸이의자에 몸을 던지고, 의자의 편안함에 대해 이제는 습관처럼 되어버린 감탄의 말을 던진다. 의자는 꽤나 간소한 형태로 나무로 만들어 가죽 천을 씌웠다. A…의 지시에 따라 원주민 장인이 만든 것이다. A…는 프랑크 쪽으로 몸을 숙이며 잔을 건넨다.

지금은 완전히 날이 저물었건만 A…는 램프를 가져오지 말라고 지시했다. 그녀의 말에 따르면 램프는 모기를 불러들인다는 것이다. 유리잔에는 코냑과 탄산수가 가득 채워져 있고 그 위에 입방체의 작은 얼음들이 떠 있다. 칠흑

같은 어둠 속에서 자칫 잔을 엎지를까 봐 그녀는 프랑크가 앉아 있는 의자에 최대한 가깝게 다가섰다. 오른손에는 그에게 줄 잔이 조심스럽게 들려 있다. 다른 쪽 손으로는 의자의 팔걸이를 짚고서 그녀는 프랑크 위로 몸을 숙인다. 너무나 가깝게, 그들의 머리가 서로 맞닿을 만큼. 프랑크는 몇 마디 말을 속삭인다. 틀림없이 고맙다는 말일 것이다.

그녀는 재빨리 몸을 다시 일으키고는 세 번째 술잔을 채운다——이번 잔은 앞의 것보다 훨씬 적게 부었기 때문에 엎지를까 조심하지 않는다——그러곤 프랑크의 옆 자리에 가서 앉는다. 그러는 동안에 프랑크는 여기 온 후부터 내내 하고 있던 고장 난 트럭 얘기를 계속한다.

오늘 저녁 그녀는 의자를 테라스로 내오도록 한 뒤 자신이 직접 자리를 배치했다. A…는 프랑크의 의자와 자신의 의자를 사무실 창문 밑에——물론 의자의 등이 집의 벽 쪽을 향하게——나란히 놓이도록 했다. 이렇게 해서 그녀의 자리 왼편으로는 프랑크의 의자가, 오른편으로는 술병이 놓인 작은 테이블이 조금 앞쪽으로 놓이게 되었다. 나머지 의자 두 개는 앞서 말한 두 의자와 테라스의 난간 사이에서 전망을 방해하지 않도록 테이블의 저편 좀 더 오른쪽으로 놓였다. 역시 '전망'을 이유로 나중 의자 두 개는 처음 의자들을 향하지 않게 난간과 골짜기 위쪽을 향해 비스듬히 배치되었다. 따라서 이 두 의자에 앉아 A…를 보려면 부득이하게 고개를 왼쪽으로 많이 돌려야 한다. 특히 제일 멀리 떨어진 네 번째 의자의 경우는 더욱 그러하다.

세 번째 의자는 철제 골조에 천을 씌운 접의자로 테이블과 네 번째 의자 사이에서 확연하게 뒤쪽으로 비켜 놓여 있다. 그러나 그 의자는 가장 불편하기 때문에 비어 있다.

프랑크의 목소리는 그가 경영하는 플랜테이션 농장의 문제를 계속해서 이야기한다. A…는 그 이야기에 흥미가 있는 듯하다. 그녀는 때때로 관심을 표현하는 몇 마디 말을 던지며 프랑크를 격려한다. 침묵 속에서 테이블 위에 술잔을 다시 내려놓는 소리가 들린다.

난간의 저편, 골짜기의 상류 쪽에는 귀뚜라미 울음소리와 별도 뜨지 않은 밤의 어둠이 있을 뿐이다.

식당에는 석유램프 두 개가 빛을 내고 있다. 그중 하나는 기다란 찬장의 왼쪽 가장자리에 놓여 있고 나머지 하나는 식탁 위, 네 번째 사람이 오지 않아 생긴 빈자리에 놓여 있다.

식탁은 정사각형이다. 보조 판자를 붙이지 않았기 때문이다. (이렇게 사람이 적을 때는 필요 없는 일이다.) 세 벌의 식기가 식탁의 세 면을 차지하고 램프가 나머지 한 면을 차지하고 있다. A…는 늘 앉는 자리에 앉아 있다. 프랑크는 그녀의 오른편, 그러니까 찬장 앞에 앉아 있다.

찬장 위에는 두 번째 램프의 왼쪽(즉 열려 있는 부엌문 쪽)으로 식사에 사용할 깨끗한 접시들이 포개져 있다. 램프의 오른쪽 뒤로는 벽에 바짝 붙여놓은 토산품 질항아리가 찬장의 중앙을 표시하고 있다. 좀 더 오른쪽으로, 회색으로 칠한 벽에 윤곽이 흐릿한 사람의 머리가 커다랗게 확대되어 비치고 있다. 프랑크의 머리다. 그는 재킷도 입지 않고 넥타이도 하지 않았다. 와이셔츠 칼라는 단추가 풀려 넓게 벌어진 상태다. 좋은 옷감으로 만든 와이셔츠는 나무랄 데 없이 하얗다. 접은 소맷부리에는 상아로 만든 커프스 버튼이 채워져 있다.

A…는 점심 식사 때와 똑같은 옷을 입고 있다. A…의 옷차림 때문에 프랑크는 아내와 거의 싸우다시피 한 적이 있다. 크리스티안이 A…의 드레스를 '이 지방의 무더위를 견디기에는 너무 꼭 끼는 옷'이라고 비난했을 때였다. 그러나 그때도 A…는 그저 미소 짓고 말 뿐이었다. "하지만 전 이곳의 기후가 그렇게 못 견딜 정도는 아니라고 생각해요." A…는 이렇게 말하면서 문제를 일단락 짓고자 했다. "일 년이면 열 달은 계속되는 캉다(Kanda) 지방의 무더위를 경험하셨다면 당신도 그렇게 생각하실 거예요!" 이렇게 해서 대화는 한동안 아프리카에 대해 이어졌다.

시중드는 보이가 열린 부엌문을 통해서 들어온다. 두 손에는 포타주가 가득 든 접시를 들고 있다. 보이가 음식을 내려놓자마자 A…는 보이에게 식탁 위에 있는 램프를 치우라고 한다. 램프 불빛이 너무 강해서 눈이 아프다는 것이다. 보이는 램프의 손잡이를 들어 올려 A…가 왼손을 뻗어 가리키는 반대편 구석의 가구 위로 가져간다.

식탁은 이렇게 해서 희미한 어둠 속에 잠긴다. 식탁을 비추는 빛은 주로 찬장 위에 놓인 램프에서 흘러나오는 것이다. 반대편으로 옮긴 두 번째 램프는 너무 멀리 있기 때문이다.

부엌 쪽 벽 위에 어른거리던 프랑크의 머리는 없어졌다. 그의 하얀 와이셔츠는 직접 조명을 받던 방금 전처럼 빛나

16

지 않는다. 다만 그의 오른쪽 소매만이 뒤쪽에서 오는 빛을 받고 있다. 어깨와 팔, 그리고 좀 더 위쪽으로 귀와 목의 가장자리에는 빛의 선이 뚜렷한 윤곽을 그린다. 얼굴은 거의 역광으로 위치하고 있다.

"이렇게 하는 편이 더 좋지 않아요?" A…는 프랑크 쪽을 바라보며 묻는다.

"네. 훨씬 은근하군요." 프랑크가 대답한다.

그는 빠르게 포타주를 먹는다. 조용한 동작과 예의 바른 손놀림으로 스푼을 꼭 쥔 채 소리 내지 않고 수프를 마시지만, 왠지 이 대단치 않은 일을 지나치게 열심히 하고 있는 듯하다. 어디라고 꼬집어 말하기는 어렵지만 무엇인가 가장 중요한 것을 빼먹고 있는 것 같다. 어떻게 보면 조심성이 없다고도 할 수 있다.

눈에 띌 만한 흠이 있는 것도 아닌데 그의 이런 태도는 왠지 눈길을 끈다. 그 결과 대조적으로 A…는 움직이는 기색도 없이 같은 동작을 마쳤다는 사실을 확인케 하고 마는 것이다. 그녀의 동작은 전혀 주의를 끌지 않을뿐더러 이상하리만큼 움직임이 없다. 텅 빈, 그렇지만 음식물의 흔적이 남아 있는 그녀의 접시를 봐야만, A…가 식사를 거른 게 아니라는 것을 확실히 믿을 수 있다.

게다가 기억을 더듬어보면 그녀의 오른손과 입술이 조금 움직였고, 또 숟가락이 접시와 입 사이로 몇 번 왔다 갔다 했던 것을 알 수 있다. 그 동작들이야말로 매우 중요한 증거가 될 것이다.

좀 더 확실하게 알려면 요리사가 수프를 너무 짜게 한

것 같지 않느냐고 물어보면 될 것이다.

"전혀요." 그녀가 대답한다. "땀을 흘리지 않으려면 소금을 먹어야 해요."

곰곰이 생각해 보면 이 대답은 그녀가 오늘 포타주를 먹었다는 것을 절대적으로 증명하지는 못한다.

지금 보이가 접시를 치운다. 이렇게 되면 A⋯의 접시에 있는 음식물의 흔적, 혹은 만약 그녀가 식사를 걸렀다면 그 흔적의 부재를 다시 한번 확인하기는 불가능해진다.

대화는 다시 고장 난 트럭으로 돌아왔다. 프랑크는 앞으로 다시는 군대에서 나온 중고품을 사지 않을 것이다. 최근에 산 물건 때문에 그는 꽤나 골치를 앓았기 때문이다. 그러니까 프랑크가 자동차 한 대를 갈아치우게 된다면 아마 새 차를 살 것이다.

그러나 신형 트럭을 흑인 운전사에게 맡기려는 것은 큰 잘못이다. 흑인 운전사는 금방, 혹은 지금보다 훨씬 더 빨리 트럭을 망가뜨릴 것이다.

"하지만," 프랑크가 말한다. "모터가 새것이라면 운전사는 아예 그걸 건드릴 필요가 없을 겁니다."

그는 그 반대라는 걸 알아야 한다. 새 모터는 오히려 더 흥미로운 장난감이 될 것이다. 험한 길에서 과속 운전을 하거나 핸들을 마구 돌리며 곡예 운전을 할 수도 있고⋯⋯.

삼 년 동안의 경험으로 프랑크는 흑인 중에도 신중한 운전사가 있다고 생각하게 되었다. A⋯도 같은 의견이다.

대화가 기계 장치들의 강도를 비교하는 얘기로 흐르는

동안 A…는 말을 삼가고 있었다. 그러나 운전사의 문제가 화제에 오르자 그녀는 꽤나 길고 단호하게 자기의 주장을 내세운다.

어쩌면 그녀가 옳을 수도 있다. 그렇다면 프랑크의 주장 역시 옳은 것이 될 것이다.

둘은 지금 A…가 읽고 있는 소설에 대해 이야기한다. 그 소설은 아프리카를 무대로 전개된다. 여주인공은 (크리스티안처럼) 열대 지방의 기후를 잘 견디지 못한다. 더위는 여주인공에게 참혹한 결과를 불러온 듯하다.

"마음먹기에 달렸지요." 프랑크가 말한다.

그리고 나서 그는 남편의 행동에 대해 모종의 암시를 한다. 그러나 그 책을 뒤적거려 보지 않은 사람은 알 수가 없는 것이다. 그의 말은 '여자를 취할 줄 안다.' 혹은 '그것을 배울 줄 안다.'라는 구절[4]로 끝나는데, 누구를 두고 하는 말인지 아니면 무엇을 두고 말하는 것인지 확실히 알아들을 수가 없다. 프랑크는 A…를 본다. A…는 이미 프랑크를 쳐다보고 있다. 그녀는 그에게 재빨리 미소를 던진다. 너무나 순식간의 일이어서 미소는 바로 어둠 속으로 묻혀버린다. 그녀는 이해한 것이다. 왜냐하면 그녀는 소설의 이야기를 알고 있으니까.

아니, 그녀의 표정은 변하지 않았다. 꽤 오랫동안 미동도 하지 않았다. 입술은 마지막 말을 끝낸 이후 줄곧 굳게

---

4) 각각 savoir la prendre와 savoir l' apprendre 이 두 구절은 불어에서 똑같이 발음된다.

다물고 있었다. 스치는 듯한 미소는 램프의 흔들리는 빛이
거나 나방의 그림자였을 것이다.

더욱이 그녀는 그 순간 더 이상 프랑크 쪽을 향하고 있
지 않았다. 그녀는 막 고개를 식탁 쪽으로 바로 하고 시선
은 정면의 아무 장식도 없는 벽을 향했다. 벽에는 거무스
름한 자국이 지네가 짓이겨졌던 자리를 표시하고 있다. 지
네가 짓이겨진 것은 지난주, 이번 달 초, 아니 그 전달이
거나 그보다 더 전일 수도 있겠다.

프랑크의 얼굴은 거의 역광을 받아서 표정을 읽을 수가
없다.

보이가 들어와서 접시를 치운다. A…는 언제나처럼 커
피는 테라스로 내오라고 지시한다.

테라스는 이미 완전한 어둠 속에 잠겼다. 더 이상 아무
도 얘기하지 않는다. 귀뚜라미 울음소리도 그쳤다. 들리는
것은 다만 여기저기서 터져 나오는 야행성 육식 동물의 가
냘픈 울음소리와 붕붕거리는 풍뎅이 소리, 나지막한 테이
블에 사기 찻잔이 부딪히는 소리뿐이다.

프랑크와 A…는 똑같은 두 개의 팔걸이의자에 앉아 있
다. 의자는 집의 나무 벽에 맞대어 놓여 있다. 철제 골조
로 만들어진 의자는 여전히 텅 빈 채다. 네 번째 의자의
위치는 골짜기를 바라볼 수 없는 지금, 더욱 이해하기 어
려운 것이다. (저녁 식사 전 짧은 황혼 무렵에도 난간의
세로 살 간격이 너무 촘촘해서 그 사이로 경치를 볼 수 없
었다. 그리고 눈을 들어 난간의 나무 손잡이 위를 향하면
보이는 것은 하늘뿐이었다.)

20

손가락으로 난간의 나뭇결과 갈라진 틈을 따라 더듬어가
면 감촉이 매끄럽다. 계속 가면 나무껍질이 꺼칠꺼칠한 부
분이 나온다. 그러고는 다시 매끄러운 표면이다. 이어서
나뭇결 없이 군데군데 벗겨진 페인트칠이 울퉁불퉁한 점들
을 이루고 있다.

대낮에 보면 두 종류의 회색빛——맨살이 드러난 나무의
색과 아직 남아 있는 페인트의 좀 더 밝은 회색——이 서로
대조를 이루어 톱니 모양처럼 복잡한 형태를 그려내고 있
다. 난간의 나무 손잡이 위에는 마지막 남은 페인트칠이
군데군데 우툴두툴한 딱지처럼 흩어져 있을 뿐이다. 반면
에 난간의 세로 살은 페인트칠이 벗겨진 면이 훨씬 좁고
그 위치도 주로 살의 중간 부분에 집중되어 있어 움푹한
얼룩을 이룬다. 그곳을 손가락으로 만져보면 세로로 난 나
무의 미세한 균열을 느낄 수 있다. 반점의 끝 부분에는 새
로 칠한 페인트가 비늘처럼 일어나 쉽게 벗겨낼 수 있다.
가장자리 아래 손톱을 넣고 손가락 끝을 굽혀 힘을 주기만
하면 되는 것이다. 저항은 거의 느낄 수 없다.

반대쪽을 보면, 이제 어둠에 익숙해진 눈이 집의 벽을
배경으로 좀 더 선명하게 부각되는 형체를 구별할 수 있
다. 프랑크의 흰색 와이셔츠다. 두 팔은 의자의 팔걸이에
편안하게 놓여 있다. 상체는 뒤로 젖혀 의자의 등받이에
기대었다.

A…는 춤곡을 흥얼거리는데 그 가사는 알 수가 없다. 그

러나 프랑크는 아마도 알아들었을 것이다. 만약 그가 그 노래를 A…와 함께 자주 들어서 이미 알고 있다면 말이다. 어쩌면 그가 가장 좋아하는 곡 가운데 하나일지도 모른다.

A…의 양팔은 엷은 옷 색깔 때문에 옆 사람의 것보다는 덜 선명하게 보인다. 그녀의 팔 역시 의자의 팔걸이 위에 놓여 있다. 네 개의 손이 움직이지 않은 채 나란히 있다. A…의 왼손과 프랑크의 오른손 사이의 공간은 대략 10센티 미터 정도다. 야행성 육식 동물의 가냘픈 울음소리가 거리 를 알 수 없는 골짜기 깊은 곳에서 다시 한번 짧고 날카롭 게 울려 퍼진다.

"이제 그만 가야겠는데요." 프랑크가 말하자,

"아녜요." 하고 A…가 금방 대답한다. "아직 늦지도 않 았는걸요. 이렇게 있으니 정말 기분이 좋아요."

만약 프랑크가 정말 떠나고자 했다면 그럴듯한 구실을 가지고 있었다. 아내와 어린애만이 집에 남아 있으니 말이 다. 그러나 그는 내일 일찍 일어나야 한다는 얘기만 하고 크리스티안에 대해선 아무런 말도 하지 않는다. 조금 전의 짧고 날카로운 울음소리는 좀 더 가깝게 다가와 지금은 테 라스의 오른편 아래쪽에 있는 정원에서 들리는 듯하다.

마치 메아리처럼 곧바로 똑같은 울음소리가 반대편 방향 에서 화답한다. 다른 울음소리들도 도로의 위쪽에서 응답하 고 저 아래편 저지대에서도 또 다른 울음소리가 들려온다.

가끔 그 울음소리는 음정이 약간 낮아지거나 혹은 길이 가 좀 더 길어지기도 한다. 아마도 여러 가지 종류의 짐승 이 있는 것 같다. 그렇지만 모든 울음소리가 서로 닮아 있다. 쉽게 구별되는 어떤 공통점이 있기 때문이 아니라, 무엇인가를 공통으로 결여하고 있다는 점에서 말이다. 그 소리들은 겁에 질린 소리도, 고통스럽거나 위협적인 소리도, 사랑을 호소하는 외침도 아니다. 특별한 이유 없이 기계적으로 비어져 나오는 소리, 아무런 의미도 담지 않은 소리다. 그저 밤의 이동 경로에서 동물들이 저마다의 존재와 상대적인 위치를 알리는 데 지나지 않는 소리인 것이다.

"어쨌든," 프랑크가 말한다. "전 가봐야겠습니다."

A…는 아무런 대답도 없다. 그들은 둘 다 전혀 움직이지 않는다. 나란히 앉아서 상체를 젖혀 의자 등받이에 기대고 양팔은 팔걸이 위에 얹고 있다. 네 개의 손이 비슷한 위치에 똑같은 높이로 집의 벽과 평행하게 놓여 있다.

지금 남서쪽 기둥——침실 옆 테라스의 모서리에 있는 기둥——의 그림자가 정원의 지면 위에 드리워져 있다. 태양은 여전히 동쪽 하늘에 낮게 떠 있어, 거의 골짜기에만 집중적으로 햇빛을 비추고 있다. 골짜기의 축과 비스듬하게 줄을 맞추어 늘어선 바나나 나무들의 열이 햇빛 아래 어디서나 아주 똑똑히 보인다.

골짜기 안쪽에서부터 가장 높은 경계 지역까지, 집이 들어선 쪽과 마주 보는 산비탈에 있는 나무들을 헤아리는 일은 꽤나 쉽다. 특히나 집의 맞은편 소농지들은 생긴 지 얼마 되지 않아 더욱 그러하다.

분지는 대부분 개간되었다. 지금은 다만 고원 가장자리

로 30미터 정도의 미개간지가 남아, 뾰족한 돌기나 바위로 된 골도 없이 골짜기 사면과 둥그렇게 연결된다.

미개간지와 바나나 농장 사이의 경계선은 완전한 직선이 아니다. 그것은 들어가고 나오기를 반복하는 물결선을 그리고 있다. 물결선이 만들어내는 꼭짓점들은, 생긴 시기가 다르지만 대부분 같은 방향을 향하고 있는 각각의 소농지에 속해 있다.

집의 바로 맞은편에는 작은 총림이 있는데 이 지역 재배지 가운데 가장 높은 점을 표시하고 있다. 경작지는 거기서 장방형의 형태로 끝난다. 무성한 나뭇잎 사이로 흙은 거의 보이지 않는다. 한편 나무랄 데 없이 반듯하게 정렬한 나무 둥치들은 그곳에 비교적 최근에 나무를 심었다는 것과 아직 바나나 송이를 수확하지 않았다는 것을 보여준다.

이 농지 위쪽은 나무 수풀로부터 가파른 경사면을 왼쪽으로 약간 비키면서 내려온다. 서른두 그루의 바나나 나무가 줄지어 소농지의 아래쪽 경계선까지 자리 잡고 있다.

여기서부터 아래쪽까지 동일한 열의 배치를 이루며 또 다른 경작지가 이어진다. 이 경작지는 위쪽 경작지와 골짜기 안쪽으로부터 흐르는 작은 냇물 사이의 공간을 모두 차지하고 있다. 이 농지의 세로 열에는 바나나 나무가 스물세 그루밖에는 없다. 위쪽 농지와 다른 점은 잎이 좀 더 무성하다는 것이다. 키가 큰 나무와 무성하게 얽혀 있는 잎사귀, 잘 익은 바나나 송이를 볼 수 있다. 바나나 송이 몇 개는 이미 잘려나갔다. 그러나 밑동에서부터 줄기를 잘라낸 빈 자리들도 나무만큼이나 쉽게 알아볼 수 있다. 연한 초록빛의 넓은 잎사귀로부터 두껍게 휘어진 대가 뻗어나와 열매를 매달고 있다.

또 위쪽 농지처럼 네모꼴을 띠는 대신 이 소농지는 사다리꼴을 하고 있다. 농지의 아래쪽 경계선을 이루는 시냇물이 양옆으로 평행을 이루는 경계선, 즉 하류 쪽과 상류 쪽의 경계선과 수직으로 교차하지 않기 때문이다. 오른쪽(다시 말해 하류 쪽)에는 바나나 나무가 스물세 그루가 아니라 열세 그루밖에 없다.

더욱이 소농지의 아래쪽 경계선은 직선이 아니다. 작은 시냇물이 직선으로 흐르지 않기 때문이다. 시냇물은 거의 눈에 띄지 않는 만곡을 그리며 소농지의 가운데 폭을 좁혀 놓았다. 정확한 사다리꼴이라면 농지의 중앙 부분에는 열여덟 그루의 바나나 나무가 있어야 하지만 실제로는 열여섯 그루뿐이다.

왼쪽 끝에서 두 번째 줄에는 만약 농지가 네모꼴이라면 스물두 그루의 나무가 있어야 할 것이다. (나무들을 오점형으로 심었기 때문이다.) 또 농지가 정확한 사다리꼴인 경우에도 스물두 그루의 나무가 있어야 한다. 왜냐하면 아래쪽 경계선이 아주 약간 좁아졌다 해도 여간해선 느껴지지 않을 정도이기 때문이다. 실제로 거기엔 스물두 그루의 나무가 있다.

그런데 세 번째 줄에도 나무가 스물두 그루만 있을 뿐이다. 만약 농지가 네모꼴이라면 스물세 그루가 있어야 할 것이다. 이 지점까지는 시냇물이 휘어졌어도 이렇다 할 만한 변화를 초래하지 않는다. 네 번째 줄에 대해서도 마찬가지다. 네 번째 줄에는 스물한 그루의 나무가 있는데, 네모꼴 농지를 가상으로 그려볼 경우 짝수 줄에 있어야 할 나무 수보다 한 그루 모자란 수다.

시냇물의 만곡은 다섯 번째 줄부터 영향을 미치기 시작한다. 그래서 다섯 번째 줄에는 스물한 그루의 나무가 있을 뿐이다. 만약 사다리꼴이라면 스물두 그루가, 그리고 네모꼴이라면 스물세 그루가 있어야 한다. (그 줄은 홀수 줄이기 때문이다.)

이런 숫자들은 이론상에 불과한 것이다. 왜냐하면 몇몇 바나나 나무는 열매가 익자마자 땅에 바짝 대어 잘려나갔기 때문이다. 실제로는 열아홉 그루의 바나나 나무와 잘려나간 두 그루의 빈 공간이 네 번째 줄을 이루고 있다. 다섯 번째 줄의 경우 스무 그루의 나무와 한 개의 빈 공간, 아래쪽에서 위쪽으로 보자면 여덟 그루의 나무와 빈 공간, 이어서 열두 그루의 나무가 늘어선 식이다.

실제로 있는 바나나 나무와 잘려나간 나무를 구별하지 않는다면 여섯 번째 줄에 있는 나무의 수는 다음 중 하나일 것이다. 스물둘, 스물하나, 스물, 열아홉. 순서대로 각각 네모꼴일 경우, 사다리꼴일 경우, 아랫부분이 굽은 사다리꼴일 경우, 마지막으로 사다리꼴이되 수확 때 잘려나간 나무를 뺀 경우이다.

그 다음 줄들은 다음과 같은 숫자가 된다. 스물셋, 스물하나, 스물하나, 스물하나. 스물둘, 스물하나, 스물, 스물. 스물셋, 스물하나, 스물, 열아홉 등등……

이 농지의 하류 쪽 경계선 근처에는 시냇물 위로 통나무 다리 하나가 있는데, 그 위에 한 남자가 몸을 웅크리고 앉아 있다. 이 지방 원주민으로 푸른색 바지와 색깔 없는 메리야스를 입고 양어깨는 맨살을 드러냈다. 그는 수면 위로 몸을 숙이고 있다. 마치 물 속에서 무언가를 보려고 애쓰는 듯하다. 그러나 그건 전혀 불가능한 일이다. 수심은 무척 얕지만 속을 들여다볼 만큼 물이 맑지 않기 때문이다.

골짜기의 이쪽 사면에는 단 하나의 소농지가 시냇물에서 정원에 이르기까지 펼쳐져 있다. 경사도가 매우 완만한데도 테라스 위에서 보면 그곳의 바나나 나무들 역시 쉽게 헤아릴 수 있다. 사실 이 지역 바나나 나무들은 최근에 새로 심었기 때문에 어린 묘목이다. 더욱이 묘목의 배치가 완벽한 질서를 이룰 뿐만 아니라 나무 둥치의 높이는 채 50센티미터가 되지 않고, 가지 끝에 난 나뭇잎들도 서로 간격이 멀리 떨어져 있다. 또 각각의 나무 열과 골짜기가 이루는 경사도(45도 정도) 또한 나무들을 쉽게 헤아릴 수 있게 해준다.

통나무 다리 오른쪽에서 시작되는 하나의 비스듬한 열은 정원의 왼쪽 구석까지 다다른다. 그 줄을 세로로 세면 서른여섯 그루의 나무가 있다. 나무들은 오점형으로 배치되어 있기 때문에 또 다른 세 개의 방향으로 뻗어나가는 열을 볼 수 있다. 세 방향은 우선 방금 말한 첫째 방향과 수직으로 교차하는 방향, 그리고 서로 수직으로 교차하며 다른 두 방향과는 45도를 이루는 나머지 두 개의 방향이다. 따라서 나중의 두 방향을 잇는 선은 골짜기의 축과 마당의 아랫부분에 대하여 하나는 평행이고 다른 하나는 수직을 이룬다.

정원은 지금 상태로는 네모꼴의 헐벗은 땅에 지나지 않는다. 아주 최근에 땅을 갈고 A…의 요구에 따라 사람 키보다 약간 작은 빈약한 오렌지 묘목 열두 그루 정도를 심었을 뿐이다.

집은 정원의 가로 폭을 전부 차지하지 않았다. 따라서 사방 모두 바나나 나무의 초록빛 덩어리에서 떨어져 있다.

서쪽 박공 앞 맨땅 위로는 일그러진 집의 그림자가 드리워져 있다. 모퉁이에 있는 기둥의 비스듬한 그림자가 지붕의 그림자와 테라스의 그림자를 연결한다. 난간은 그 위에 빈틈이 거의 없는 하나의 띠를 이루고 있는데, 세로 살들 사이의 실제 간격은 살들의 평균 굵기보다 넓다.

난간의 세로 살은 나무를 둥글게 깎은 것으로, 허리께가 불룩 나오고 양 끝에 조금 작은 둥그런 장식이 되어 있다. 난간의 나무 손잡이 윗부분은 페인트칠이 거의 다 벗겨졌으며, 세로 살의 불룩한 부분도 칠이 벗겨져 일어나기 시작했다. 테라스 쪽에서 보면 세로 살의 불룩한 부분이 나무 속살을 그대로 드러내며 난간의 가운데 높이에 전체적으로 무늬를 만들어낸다. 남아 있는 회색 페인트도 세월 때문에 빛이 바랬다. 습기 탓에 회색으로 변한 나무와 해가 거듭되면서 퇴색하고 벗겨지다 남은 페인트칠 사이로, 자연 그대로의 빛인 적갈색의 작은 표면이 군데군데 눈에 띈다. 이 표면은 최근에 페인트칠이 벗겨지면서 눈에 띄기 시작한 것이다. 난간 전체를 산뜻한 노란색으로 새로 칠할 것이다. A…가 그렇게 결정했다.

A…의 침실 창문들은 여전히 닫혀 있다. 창유리 대신 단 블라인드만이 활짝 열려 있다. 그렇게 하면 방 안으로 충분한 햇빛이 들어온다. A…는 오른쪽 창문에 기대서서 블라인드의 한 틈으로 테라스 쪽을 쳐다본다.

남자는 여전히 흙으로 뒤덮인 통나무 다리 위에서 흙탕물 위로 몸을 구부리고 움직이지 않은 채 있다. 그의 자세는 한 치도 흔들림이 없다. 머리는 앞으로 숙이고 양 팔꿈치는 넓적다리 위에 대고 두 손은 벌린 무릎 사이로 떨군 채다.

그의 앞쪽으로 시냇물을 따라 저쪽 기슭에 연한 소농지에는 잘 익어 보이는 바나나 송이들이 수확을 기다리고 있다. 이 지역에서는 이미 여러 그루의 바나나 나무를 수확하였다. 그 빈 자리들은 나무의 기하학적인 배열 속에서 아주 또렷하게 눈에 띈다. 그러나 좀 더 자세히 보면 꽤 자란 새싹이 잘려나간 바나나 나무를 대신해 나 있는 것을 볼 수 있다. 새싹은 잘린 나무의 그루터기에서 몇 센티미터 떨어진 곳에 돋아나 완전한 오점형의 규칙을 헝클어뜨리기 시작했다.

골짜기 이쪽 사면을 따라 큰길을 오르는 트럭 소리가 집의 반대편까지 울린다.

블라인드의 살 때문에 A…의 실루엣은 수평의 조각들로 잘린다. 그러나 이제는 침실의 창 뒤로 사라지고 없다.

큰길의 편평한 부분, 고원이 중단되는 바위 돌기 바로 아래에 이르자 트럭은 속력을 바꾸어 조금 전보다 덜 요란한 소리를 내며 달린다. 이어 소리는 점차 잦아들며 동쪽으로 멀어진다. 트럭은 잡목이 산재한 불그스름한 덤불을 건너 인접한 불하지, 즉 프랑크의 농장 쪽을 향해 가고 있다.

침실의 창문이 활짝 열린다——복도에서 제일 가까운 방이다. A…의 상반신이 창틀 안에 들어 있다. 그녀는 "안녕." 하고, 푹 자고 깨어난 사람의 유쾌한 어조로 인사한다. 그게 아니라면 적어도 자신의 걱정거리를 남에게 드러내지 않으려고 언제나 한결같은 미소를 띠는 것을 원칙으로 삼는 사람의 어조다. 그 미소 속에는 신뢰와 우롱이 동시에 깃들어 있고, 어떻게 보면 감정이 전혀 들어 있지 않다고도 할 수 있다.

더군다나 그녀는 방금 잠에서 깬 것도 아니다. 이미 샤워를 끝낸 상태임에 틀림없다. 아침 실내복을 걸치고 있지만 입술에는 립스틱을 발랐다. 립스틱의 색깔은 원래 입술 색깔과 거의 같아 구별하기 어렵지만 조금 더 진하다. 또 머리는 곱게 빗질해서 창을 통해 들어오는 햇살에 빛나고 있다. 그녀가 고개를 돌리면 곱슬거리는 머리 단이 부드럽게 출렁거리며 어깨의 하얀 실크 천 위로 검은 머리 타래가 떨어진다.

그녀는 복도에 면한 벽에 붙여놓은 커다란 서랍장 쪽으로 향한다. 제일 위 서랍을 살짝 열고 거기서 크기가 작은 어떤 물건을 꺼낸 다음 햇빛 쪽으로 돌아선다. 통나무 다리 위에 웅크리고 있던 원주민 남자는 없어졌다. 주위에는 아무도 보이지 않는다. 지금 이쪽 편 농장에서는 한 사람도 일하고 있지 않다.

A…는 테이블에 앉았다. 오른쪽 벽, 즉 복도에 면한 벽

에 붙여놓은 작은 테이블이다. 그녀는 몸을 앞으로 숙여 무엇인지 아주 꼼꼼함을 요하고 시간이 오래 걸리는 일을 하고 있다. 아주 얇은 천으로 된 양말을 깁는 일이거나 손톱을 다듬는 일, 혹은 몽당연필로 그림을 그리는 일 따위의 일 말이다. 그러나 A…는 그림을 그리는 법이 없다. 양말을 깁는 일이라면 좀 더 밝은 곳에 자리를 잡아야 할 것이다. 손톱을 다듬기 위해 테이블이 필요했다면 일부러 이 작은 책상을 택하진 않았을 것이다.

보기에는 머리와 어깨가 전혀 움직이지 않고 있지만 간헐적이고 발작적인 떨림이 그녀의 검은 머리 타래를 흔든다. 이따금 그녀는 상반신을 세우고 자기가 한 일이 잘되었는지 보기 위해 몸을 뒤로 뺀다. 느린 동작으로, 고개를 너무 움직이는 바람에 비어져 나온 거추장스러운 짧은 머리카락을 뒤로 넘긴다. 손으로는 계속해서 곱슬거리는 머리 단을 정리하고 있다. 갸름한 손가락은 침착하면서도 민첩하게 교대로 펴졌다 오므라진다. 그 동작은 마치 똑같은 기계 장치에 의해서 조종되기라도 하듯 계속해서 손가락 하나하나에 전달된다.

그녀는 다시 몸을 숙이고 중단했던 일을 시작한다. 윤기 흐르는 머리카락의 곱슬거리는 부분이 적갈색으로 빛난다. 가벼운 진동이 한쪽 어깨에서 또 다른 어깨로 전해지지만 이내 사라져버리고, 감지하지 못하는 사이에 미세한 맥박의 떨림이 신체의 나머지 부분으로 전해진다.

사무실 창문 앞 테라스에는 프랑크가 늘 앉곤 하는 토산품 팔걸이의자에 앉아 있다. 오늘 아침엔 팔걸이의자를 단

세 개만 테라스에 내어놓았다. 의자들은 보통 때와 마찬가지로 배치되어 있다. 창문 밑에 팔걸이의자 두 개가 나란히 놓여 있고 세 번째 것은 조금 떨어져 작은 테이블 너머에 놓여 있다.

A…는 직접 탄산수와 코냑을 가지러 갔다. 그녀는 술병 두 개와 큰 잔 세 개를 담은 쟁반을 테이블 위에 내려놓는다. 그녀는 코냑의 병마개를 뽑더니 프랑크 쪽으로 몸을 돌리고 그의 얼굴을 바라보면서 술을 따르기 시작한다. 그러나 프랑크의 시선은 차오르는 술잔이 아니라 그보다 조금 높은 곳, A…의 얼굴 높이로 향해 있다. 그녀는 머리를 낮게 틀어 올렸는데 금방이라도 풀어질 것만 같다. 그러나 보이지 않는 곳에 실 핀 몇 개를 찔러 생각보다 단단히 머리를 고정시키고 있는 게 틀림없다.

프랑크의 놀란 목소리가 터져 나왔다. "어, 어…… 너무 많아요!" 혹은 "그만! 너무 많습니다!" 혹은 "정말 너무 많은걸요.", "좀 많아요." 따위의 말……. 그는 손을 허공에 머리 높이만큼 들어 올리고 있다. 손가락들은 살짝 벌어져 있다. A…가 웃음을 터뜨린다.

"진작 그만 따르라고 하시지!"

"못 봤어요." 프랑크가 대꾸한다.

"그러니까," 그녀가 말한다. "한눈 팔면 안 돼요."

그들은 더 이상 아무 말도 하지 않고 서로의 얼굴을 바라본다. 프랑크가 분명하게 미소를 지었으므로 그의 눈에 작은 주름이 잡힌다. 그는 입을 살짝 벌린다. 마치 무엇인가 말하려는 듯하다. 그러나 아무 말도 하지 않는다.

A…는 거의 반대쪽으로 얼굴을 돌리고 있어 표정을 읽을 수가 없다.

그렇게 몇 분——혹은 몇 초——이 흐른 뒤에도 그들은 똑같은 자세로 서로를 보고 있다. 프랑크의 얼굴은 그의 몸과 마찬가지로 굳어버린 듯하다. 그는 반바지에 소매가 짧은 카키색 와이셔츠를 입고 있는데, 와이셔츠의 어깨 장식과 단추가 달린 주머니는 어딘지 모르게 군대풍을 연상시킨다. 거친 목면 양말 위에 흰 구두약을 두껍게 칠한 테니스 화를 신고 있는데 발등 위에 천이 꺾이는 부분에는 금이 가 있다.

A…는 작은 테이블 위에 나란히 놓인 세 개의 유리잔에 탄산수를 따르고 있다. 그녀는 처음 두 잔을 돌리고, 세 번째 잔을 손에 들고 빈 의자에 가 앉는다. 프랑크의 바로 옆 자리다. 프랑크는 이미 마시기 시작했다.

"알맞게 차가운가요?" A…가 프랑크에게 묻는다. "병을 냉장고에 넣어두었거든요."

프랑크는 머리를 끄덕이고는 다시 한 모금 마신다.

"얼음을 넣어드릴까요?" A…가 말한다.

대답을 기다리지도 않고 그녀는 보이를 부른다.

적막이 흐른다. 이제 곧 보이가 집의 한쪽 모퉁이 테라스에 모습을 나타낼 것이다. 그러나 아무도 나타나지 않는다.

프랑크가 A…를 바라본다. 마치 그녀가 다시 한번 부르든가 아니면 일어나든가, 그것도 아니면 그 어떤 결심이라도 해야 할 듯이. 그녀는 테라스의 난간 쪽을 보면서 살짝 얼굴을 찡그린다.

"못 들었나 봐요." 그녀가 말한다. "우리 중 누군가 가는 것이 낫겠어요."

그녀도 프랑크도 자리에서 움직이지 않는다. A…는 테라스 모퉁이 쪽으로 고개를 돌려 옆모습밖에 보이지 않는다. 그 표정에는 미소도 기다림도 독촉하는 기색도 없다. 프랑크는 잔을 눈앞에 아주 가까이 갖다 대고 잔 모서리에 붙은 작은 기포들을 들여다보고 있다.

한 모금만 마셔도 음료가 충분히 차갑지 않다는 것을 알 수 있다. 이미 두 잔이나 마셨건만 프랑크는 아직 분명히 대답하지 않고 있다. 게다가 두 병 가운데 단 한 병, 탄산수만이 냉장고에 들어 있었다. 초록색 유리병의 표면에는 김이 서려 있고 그 위로 가느다란 손가락의 지문이 남아 있다.

코냑은 줄곧 찬장에 있었다. A…는 유리잔을 가져올 때면 늘 얼음 통을 함께 가져왔는데, 오늘은 그러지 않았다.

"뭐," 프랑크가 말한다. "없어도 괜찮습니다."

부엌으로 가려면 집 안을 가로지르는 것이 제일 편하다. 입구에 들어서자마자 침침한 실내에서 시원함이 느껴진다. 오른쪽 사무실의 문이 반쯤 열려 있다.

고무 밑창이 부착된 가벼운 단화는 복도 마룻바닥을 걸을 때 아무런 소리도 내지 않는다. 문은 삐걱거리는 소리 없이 열린다. 사무실 바닥에도 역시 마루가 깔려 있다. 창문은 세 개 모두 닫혀 있다. 거기 걸린 블라인드는 반쯤만 비스듬히 열려, 정오의 더위가 방 안으로 침입하는 것을 막는다.

창문 가운데 두 개는 중앙 테라스 쪽으로 나 있다. 오른쪽으로 첫 번째 창문에 드리워진 블라인드의 제일 아래 칸, 경사를 마음대로 조절할 수 있는 두 개의 얇은 나뭇조각 사이로 검은 머리카락과 그 윗부분이 보인다.

A…는 팔걸이의자에 몸을 세우고 깊숙이 앉아 움직이지 않고 있다. 그녀는 맞은편 골짜기 쪽을 바라본다. 그녀는 입을 다물고 있다. 프랑크는 왼쪽에 있어 보이지 않지만 마찬가지로 입을 다물고 있다. 아니면 아주 낮은 음성으로 속삭이고 있을지도 모른다.

사무실은 다른 방이나 욕실과 마찬가지로 복도 쪽으로 문이 나 있고, 복도 끝은 문 없이 곧바로 식당과 연결된다. 식탁은 세 사람을 위해 준비되어 있다. A…가 방금 프랑크의 식기를 추가한 것이 틀림없다. 오늘 점심에 그녀는 아무 손님도 기다리는 것 같지 않았기 때문이다.

세 벌의 식기는 평소처럼 정사각형의 식탁 한 면씩을 차지하며 각각의 면 정중앙에 놓여 있다. 식기가 놓이지 않은 네 번째 자리는 장식이 없는 벽과 2미터 정도 떨어져 있다. 밝은 색으로 칠한 벽에는 지네가 짓이겨진 흔적이 아직도 남아 있다.

부엌에서 보이는 이미 얼음 통에서 입방체의 얼음을 꺼내고 있는 참이다. 물이 가득 든 양동이가 바닥에 놓여 있는데, 금속제의 작은 얼음 통을 녹이는 데 쓰는 것이다. 보이가 고개를 들고 상냥하게 웃는다.

보이가 테라스에 가서 A…의 지시를 듣고 다시 여기까지 올 만큼(그것도 바깥쪽 통로를 통해서) 시간적 여유가 있었을 리 없다.

"주인마님께서 얼음을 가져오라고 하셨습니다." 그는 흑인 특유의 노래하는 듯한 어조로 말한다. 그 어조는 말하는 중간 중간 어떤 음절을 지나치게 강조하여 발음해서 뚝뚝 끊어지는 듯하다.

그 지시를 언제 받았는지 우회적으로 묻자 그는 "방금이요." 하고 대답한다. 그러나 이 대답은 어떤 만족스러운 단서도 제공해 주지 않는다. 단순하게 생각하자면 그녀가 쟁반을 가지러 식당에 왔을 때 보이에게 지시를 내리고 갔을 수도 있다.

오직 보이만이 증명할 수 있을 것이다. 그러나 보이는 명확하지 않은 이 질문이 그저 더 서두르라는 것인 줄로만 안다.

"곧 가져가겠습니다." 그는 좀 참아달라는 듯이 말한다.

보이는 상당히 정확하게 말을 하지만 묻고 싶은 바를 이해하지 못하는 일이 종종 있다. 그렇지만 A…는 별문제 없이 자기의 뜻을 이해시킨다.

부엌문에서 보면 식당 벽은 얼룩 한 점 없어 보인다. 테라스 쪽에서 이야기하는 소리는 복도의 이쪽 끝까지 전달되지 않는다.

왼쪽에 있는 사무실의 문이 이번에는 활짝 열려 있다. 그렇지만 창문에 친 블라인드의 살이 촘촘하게 좁혀져서 사무실 문 앞에서는 창밖을 볼 수가 없다.

채 1미터도 안 되는 거리로 다가가서야 겨우 블라인드의 일정한 간격 속에 토막 난 풍경이 평행한 띠처럼 나타난다. 블라인드의 잿빛 나무 살이 그 사이사이를 더 넓은 폭으로 끊으며 마찬가지로 평행한 띠를 이루고 있다. 둥글게 깎은 나무 난간, 빈 팔걸이의자, 병이 두 개 놓인 쟁반과 가득 찬 술잔이 하나 있는 작은 탁자, 마지막으로 검은 머리의 윗부분. 머리는 지금 오른쪽으로 돌아간다. 오른쪽에는 테이블 위로 짙은 갈색 맨살을 드러낸 팔이 창백한 하얀 손에 얼음 통을 건네준다. A…가 보이에게 고맙다고 한다. 갈색 팔은 사라진다. 눈부신 금속 얼음 통은 금세 김이 서리며 쟁반 위 두 개의 병 옆에 놓인다.

A…의 틀어 올린 머리는 뒤에서 아주 가까이 보면 굉장히 복잡한 모양이다. 여러 갈래가 복잡하게 얽힌 속에서 각각의 머리 갈래를 쫓아가는 일은 무척 어렵다. 몇몇 군데에서는 가능하기도 하지만 다른 부분에서는 전혀 불가능하다.

얼음을 넣으려고 하지도 않고 A…는 계속해서 골짜기 쪽을 바라보고 있다. 정원의 지면은 난간의 나무 살에 의해 세로의 얇은 조각으로 나뉘고 다시 블라인드에 의해 가로의 조각으로 잘려, 보이는 것은 전체의 극히 일부분이 ── 아마도 9분의 1 정도 ── 네모난 작은 조각들로 나뉜 모습뿐이다.

A…의 틀어 올린 머리는 옆에서 보아도 마찬가지로 복잡하다. 그녀는 프랑크의 왼편에 앉아 있다. (언제나 마찬가지다. 테라스에서 커피를 마시거나 아페리티프를 마실 때는 프랑크의 오른쪽에 앉고 식당에서 저녁을 먹을 때는 왼쪽에 앉는다.) 그녀는 여전히 창을 등지고 있다. 그러나

지금은 그 창으로 햇빛이 들어온다. 창문은 평범한 모양으로 유리가 끼워져 있다. 그러나 북쪽으로 나 있기 때문에 햇빛이 바로 드는 법은 없다.

창문들은 닫혀 있다. 그 결과 창밖으로 사람 그림자 하나가 나타나서 집의 본채를 따라 부엌에서부터 창고 쪽으로 지나가는데도 집 안에서는 그 발소리가 들리지 않는다. 그림자의 주인은 넓적다리까지만 보였는데, 반바지를 입은 흑인으로 소매 없는 메리야스에 낡은 펠트 모자를 쓰고 빠른 걸음걸이로 흔들거리며 지나갔다. 아마도 맨발이었을 것이다. 색이 바래고 모양이 망가진 그 펠트 모자는 무척 인상적이다. 따라서 플랜테이션 농장의 일꾼들 가운데 모자의 주인이 금방 떠올랐어야 했는데, 생각나는 사람이 없다.

두 번째 창문은 테이블에 비해 조금 뒤에 있다. 따라서 A…가 그 창문을 보려면 부득이하게 상반신을 뒤로 비틀어야 한다. 그런데, 창문 앞을 지나가는 그림자가 사라졌다. 아까 모자 쓴 남자는 이미 조용한 발걸음으로 지나갔거나, 혹은 방금 막 멈춰 섰거나 아니면 갑자기 가던 방향을 바꿨을지도 모른다. 그 남자가 홀연히 사라진 것은 전혀 놀라운 일이 아니다. 오히려 정말 그 남자가 나타나기나 했던 건지 의심스럽다.

"마음먹기에 달렸지요. 특히 그런 것은 말입니다." 프랑크가 말한다.

아프리카를 무대로 한 소설이 다시금 그들의 화제가 된다.

"기후 탓이라고들 하지만, 그런 건 아무것도 아니지요."

"말라리아의 발작이……."

"키니네가 있잖아요."

"그래도 하루 종일 지끈지끈 머리가 아프죠."

크리스티안의 건강에 관심을 보여야 할 순간이 왔다. 프랑크는 손짓으로 대답한다. 손을 한번 들어 올린 다음 천천히 내리다가 허공에서 얼버무려버린다. 그러는 동안 손가락은 옆의 접시에 놓인 빵 조각을 집는다. 동시에 아랫입술을 삐죽이 빼물고 턱을 재빠르게 A… 쪽으로 향한다. 앞서 A…가 똑같은 질문을 했던 게 틀림없다.

보이가 열린 부엌문으로 들어온다. 두 손에 크고 오목한 접시를 들고 있다.

A…는 프랑크의 동작이 의당 이끌어낼 만한 이야기를 하지 않는다. 방법이 하나 남아 있다. 아이 소식을 묻는 것이다. 똑같은, 혹은 거의 비슷한 손동작이 반복되었고 마찬가지로 A…의 침묵에 부딪혔다.

"여전하죠." 프랑크가 말한다.

창문 너머 펠트 모자가 아까와는 반대 방향으로 다시 지나간다. 유연하고 민첩하면서도 동시에 힘이 빠진 듯한 그 자세는 변하지 않았다. 그러나 반대편을 향해 있기 때문에 얼굴은 볼 수가 없다.

거칠긴 하지만 깨끗이 닦인 유리창 너머에는 자갈 깔린 안뜰이 보일 뿐이다. 큰길과 고원의 기슭 쪽을 올려다보면 무성한 초록빛 바나나 나뭇잎들만 보인다. 단조로운 나뭇잎을 배경으로 유리의 거친 결이 둥글게 움직이는 무늬를 그려낸다.

초록빛으로 물들어 버린 듯한 빛은 식당과 믿을 수 없을 만큼 빙빙 말린 검은 머리 타래와 식탁 위의 냅킨과 아무런 장식 없는 벽을 비춘다. 벽에는 A…의 시선이 정면으로 가 닿는 곳에 거무스름한 얼룩 하나가 깔끔하고 단정하게 칠한 바탕 위로 두드러져 보인다.

그 얼룩이 어떻게 해서 생겼나 알기 위해 자세하게 살펴보려면 벽에 바짝 다가서서 부엌문 쪽으로 몸을 돌려야 한다. 그러면 완전하지는 않지만 의심할 여지 없는 짓이겨진 지네의 흔적이 나타난다. 흔적은 아주 또렷한 단편들로 구성되어 있다. 몸체와 부속 기관의 부분들이 지저분한 얼룩도 없이 정확한 해부도판(解剖圖版)처럼 지네의 윤곽을 매우 정밀하게 재현하고 있다. 더듬이가 하나, 꾸부러진 주둥이 턱이 둘, 머리와 제1 몸마디, 그리고 제2 몸마디 반쪽, 긴 다리가 세 개다. 그다음 조금 더 희미하게 나머지 부분이 있다. 부서진 다리 조각들과 물음표처럼 경련한 몸의 형체 일부를 알아볼 수 있다.

이맘때가 식당의 조명이 가장 아늑할 때다. 식탁의 저쪽 편 아직 식기를 놓지 않은 식탁 너머에는 먼지 하나 끼지 않은 유리 창문이 안뜰을 향해 열려 있다. 안뜰의 모습은 창문의 한쪽 날개에 반사되어 보인다.

창문 양쪽 날개 사이의 틈과 반쯤 젖힌 오른쪽 날개의 유리창을 통해서 안뜰의 왼쪽 풍경이 보인다. 그 풍경은 오른쪽 날개의 수직 창틀 때문에 두 부분으로 나뉜다. 풍경 속에 방수포를 씌운 소형 트럭 한 대가 주차해 있는 것이 보인다. 트럭의 앞부분은 바나나 농장이 있는 북쪽을 향하고 있다. 덮개 밑에는 흰색 목재 상자가 있는데, 거기엔 스텐실로 프린트한 커다란 글씨가 거꾸로 박혀 있다.

창문의 왼쪽 날개에 반사되는 풍경은 조금 어둡기는 하지만 더 빛난다. 그러나 유리의 거친 결 때문에 일그러져 보인다. 바나나 나무의 초록빛이 원형 무늬가 되었다가 또 반달형 무늬가 되었다가 하며 창고 앞 안뜰에서 어른거린다.

나뭇잎이 유리에 비쳐 흔들거리는 무늬 때문에 가리기는 하지만 푸른색 세단을 볼 수 있다. 그리고 자동차 곁에 서 있는 A…의 드레스도 똑똑히 알아볼 수 있다.

그녀는 자동차의 문 쪽으로 몸을 굽히고 있다. 만약 차 유리창이 내려져 있다면——그럴 가능성이 높은데——A…는 얼굴을 자동차 좌석의 쿠션 위 공간으로 집어넣을 수 있다. 그녀는 몸을 일으키면서 차창의 틀에 머리가 망가질까 봐, 또 머리칼이 핸들 앞에 앉아 있는 운전사에게 흘러내릴까 봐 걱정하지 않는다.

그는 미소를 띠고 상냥한 표정으로 저녁 식사 때도 여전히 남아 있다. 아무도 앉으란 말을 하지 않았는데 가죽 천을 씌운 팔걸이의자에 털썩 앉고는 늘 하던 대로 팔걸이의자가 편안하다고 감탄한다.

"여기 앉으면 정말 편안하군!"

그의 하얀 셔츠는 밤에 어두운 집의 벽을 배경으로 더욱 창백한 대조를 이룬다.

A…는 어둠 속에서 자칫 잔을 엎지를까 봐 오른손에 프랑크에게 줄 잔을 조심스럽게 들고서 그가 앉아 있는 팔걸이의자에 가까이 다가갔다. 다른 손으로는 팔걸이의자의 손잡이를 짚고 그녀는 프랑크 쪽으로 몸을 기울인다. 너무

나 가깝게 기울여서 머리와 머리가 닿을 것 같다. 프랑크가 몇 마디 중얼거린다. 틀림없이 고맙다는 말일 것이다. 그러나 사방에서 들려오는 귀뚜라미 울음소리 속에서 말소리를 분명히 알아들을 수가 없다.

식탁 위의 램프들은 식사하는 사람을 똑바로 비추지 않도록 위치가 정돈되어 있다. 대화는 늘 얘기하던 주제에 대해 똑같은 말로 시작된다.

프랑크의 트럭은 언덕길 한가운데, 길이 고원으로부터 벗어나는 곳인 60킬로미터 지점과 첫 번째 마을 사이에서 고장이 났다. 그곳을 지나던 헌병의 자동차가 농장에 멈춰서 프랑크에게 그 사실을 알려주었다. 두 시간 후 프랑크가 그곳에 이르렀을 때 트럭은 헌병이 알려준 장소가 아니라 훨씬 아래쪽에서 발견되었다. 운전사는 나무에 충돌할 위험을 무릅쓰고 차를 후진하려고 애쓰고 있었다.

그런 식으로 운전하면서 뭘 바란다는 건 당치도 않은 것이었다. 카뷰레터를 다시 한번 완전히 분해해야 했다. 다행히도 프랑크는 간단한 요깃거리를 가지고 갔었다. 그는 3시 30분이 되어서야 돌아올 수 있었다. 프랑크는 되도록 빠른 시일 내에 트럭을 바꾸기로 마음먹었다. 앞으로는 중고 군수품 따위는 사지 않겠다고 한다.

"싸게 산다고 생각하지만 결국은 돈이 더 많이 들게 되지요."

그는 지금 새 차를 살 생각이다. 기회가 되는 대로 자기가 직접 항구까지 가서 최고품을 파는 자동차 판매상들을 만나보고 값과 여러 가지 장점, 상품 인도 기간 등을 정확히 따져보겠다는 것이다.

그가 경험이 좀 더 있었더라면 자동차처럼 현대적인 기계를 흑인 운전사에게 맡겨선 안 된다는 것을 알았을 텐데. 흑인은 차를 금방 못 쓰게 만든다.

"언제쯤 가실 생각이세요?" A…가 묻는다.

"모르겠습니다." 그들은 서로를 바라본다. 프랑크의 한 손이 식탁 위 20센티미터 정도 높이에 들고 있는 접시 위로 서로 마주 보고 있다.

"아마 다음 주쯤."

"저도 시내에 가야 하는데요." A…가 말한다. "시장 볼 게 산더미같이 많아요."

"그럼 제가 모시고 가지요. 일찍 떠나면 밤에는 돌아올 수 있을 겁니다."

프랑크는 접시를 왼쪽에 내려놓고 음식을 담으려 한다. A…는 시선을 다시 식탁 쪽으로 가져간다.

"지네예요!" 이제 막 내려앉은 침묵 속에서 그녀가 숨죽인 목소리로 외친다.

프랑크가 눈을 든다. 이어서 옆 자리의 여인이 꼼짝 않고 바라보는 방향을 따라 오른쪽으로 고개를 돌린다.

벽의 밝은 페인트칠 위에 A…의 정면으로 보통 크기(손가락만큼 긴)의 지네가 약한 불빛에도 불구하고 선명하게 보인다. 벌레는 순간 움직이지 않는다. 그러나 그 몸체의 방향은 벽을 대각선으로 가로지를 태세를 취하고 있다. 복도 쪽의 주춧돌에서 시작하여 천장 모퉁이로 향하는 선이다. 벌레는 다리 부분, 특히 뒷부분이 잘 발달해 있어서 쉽게 알아볼 수 있다. 좀 더 주의 깊게 관찰하면 한쪽 끝에 있는 더듬이가 위아래로 움직이는 것을 볼 수가 있다.

A…는 벌레를 보고 나서부터 꼼짝도 하지 않는다. 의자 위에 꼿꼿이 몸을 세우고 앉아 두 손을 접시 양쪽의 식탁보 위에 펼쳐 놓고 있다. 크게 뜬 눈은 벽을 똑바로 쳐다본다. 입은 완전히 다물지 못하고, 아마 보이지 않게 떨고 있는 듯하다.

이 집은 오래된 목조 건물이라 밤이면 이처럼 여러 종류의 지네를 보는 일이 드물지 않았다. 지금 저놈은 큰 축에 들지 않는다. 물론 맹독을 품은 것도 아니다. A…는 침착함을 유지하고 있지만 벌레에서 눈을 떼지 못한다. 그녀가 지네를 두려워하는 것에 관해 농담을 던지자 웃어주지도 않는다.

프랑크는 아무 말도 하지 않고 다시 A…를 쳐다본다. 그러고는 소리 없이 자리에서 일어난다. 한 손엔 냅킨을 들고 있다. 그는 냅킨을 돌돌 말아 쥐고는 벽 쪽으로 간다.

A…의 숨소리가 가빠지는 것 같다. 아니, 착각일지도 모른다. 그녀의 왼손은 나이프를 점점 더 꽉 움켜쥔다. 가느다란 더듬이들이 교대로 빠르게 움직인다.

갑자기 지네는 몸을 활처럼 구부리더니 긴 다리를 전속력으로 움직이며 바닥 쪽으로 비스듬히 내려오기 시작한다. 이때 둥글게 만 냅킨이 잽싸게 덮친다. 벌레보다 빠르게.

가느다란 손가락을 가진 손이 나이프 손잡이를 움켜쥐고 경련을 일으켰다. 그러나 표정은 조금도 흐트러지지 않는다. 프랑크는 벽에서 냅킨을 떼고는 발로 타일 위에 있는 무엇인가를 주춧돌에 대고 짓이긴다.

   약 1미터 높이의 벽 페인트칠 위에 거무스름한 형체의 흔적이 남아 있다. 물음표 모양으로 구부러진 작은 활 모양의 얼룩이 한쪽에 희미한 자국을 드러내고 그 주위로 여기저기 얼룩이 져 있다. A…는 그곳에서 여전히 시선을 떼지 않고 있다.

   풀어헤친 머리카락을 따라 머리빗이 바람 소리와 함께 탁탁 튀는 가벼운 소리를 내면서 밑으로 내려온다. 아래까지 내려오자 머리빗은 곧바로 머리 위로 돌아가 두피를 다 훑고 이어서 검은 머리 타래를 미끄러져 내려온다. 뼈 빛깔의 타원형 빗은 손잡이가 무척 짧아서 빗을 거머쥔 손아귀 사이로 손잡이가 거의 보이지 않는다.

   머리카락의 반은 등 뒤에 늘어져 있고 나머지 반은 반대편 손으로 앞쪽에 쥐어져 있다. 빗질하기 편하도록 머리는 이쪽(오른쪽)으로 약간 기울어져 있다. 빗이 목덜미 뒤쪽 머리카락에 닿을 때마다 머리가 앞으로 숙여졌다가 다시 제자리로 돌아온다. 그러는 동안 빗을 쥐고 있는 오른손은 반대편으로 멀어진다. 왼손은 손목과 손바닥과 손가락 사이로 머리카락을 느슨하게 모아 쥐고 있는데, 빗이 자유롭게 지나가도록 비켜준 뒤 다시 한번 잔 머리를 모아 단단히 쥔다. 그 동작은 분명하고 유연하고 기계적이다. 그동안 빗은 머리칼 끝까지 계속해서 내려온다. 빗이 위에서 아래로 내려올 때 나던 다양한 소리는 이제는 건조하고 빈

약하게 튀는 듯한 소리에 지나지 않는다. 그 파열음은 제일 긴 머리카락을 빗고 난 빗이 허공에서 재빠른 곡선을 그려가며 다시 위로 올라갈 때 생긴다. 그 곡선을 따라 빗은 뒷머리를 중앙에서 반으로 가른 흰 가르마 부분까지 다시 올라간다.

가르마 왼쪽에는 나머지 절반의 검은 머리가 부드러운 웨이브를 이루며 허리까지 내려와 있다. 좀 더 왼쪽에서 보면 얼굴 대부분이 머리에 가려 옆모습조차 보기 어렵다. 그러나 위쪽에 있는 거울이 얼굴 전체를 정면으로 비쳐 보여준다. 그 시선은——당연히 빗질이 잘되고 있는지 눈으로 확인할 필요가 있기에——자연스럽게 앞쪽을 향하고 있다.

그렇게 되면 A…의 시선은 서쪽 박공 쪽으로 활짝 열린 창문에 가 닿을 것이다. 그녀는 그 창을 마주 보며 작은 탁자를 앞에 놓고 머리를 빗고 있다. 탁자에는 용도에 맞게 수직으로 거울이 달려 있다. 거울에 반사된 시선은 등 뒤로 방의 세 번째 창문을 넘어 테라스의 중앙부와 골짜기까지 이른다.

두 번째 창문은 세 번째 창문과 마찬가지로 남향이고 집의 남서쪽 모서리와 아주 가깝다. 이 창문 역시 활짝 열려 있다. 그것을 통해 화장대의 한쪽 면과 거울의 일부, 왼쪽 옆얼굴, 어깨로 아무렇게나 흘러내린 머리카락, 오른쪽으로 갈라놓은 머리카락을 잡으려고 굽힌 왼쪽 팔이 보인다.

고개를 이쪽으로 비스듬히 기울였기 때문에 얼굴은 살짝 창문 쪽을 향하고 있다. 드문드문 회색 줄무늬가 있는 대리석 판 위에는 크기나 형태가 서로 다른 화장품 통들과 작은 병들이 놓여 있다. 좀 더 앞에는 자개가 박힌 커다란 빗과 나무 손잡이가 달린 솔빗이 있다. 솔빗에는 검고 빳빳한 털이 돋아 있다.

A⋯는 방금 머리를 감은 모양이다. 그렇지 않고선 대낮에 머리를 빗지는 않을 것이다. 한쪽 빗질을 끝냈는지 그녀는 하던 동작을 멈춘다. 그러고는 팔의 위치도 바꾸지 않고 상반신도 움직이지 않은 채 왼쪽의 십자형 창살 쪽으로 얼굴을 완전히 돌리고, 테라스와 난간과 골짜기의 맞은 편 산비탈을 바라본다.

지붕의 모서리를 받치고 있는 기둥의 그림자는 짧아져서 이제는 테라스 바닥의 타일을 비추고 있다. 박공 면에 있는 첫 번째 창문 쪽이다. 그러나 그림자는 창문에 한참 못 미친다. 아직 해가 중천에 떠 있기 때문이다. 박공은 지붕의 그림자 속에 완전히 들어가 있다. 이 박공 면을 따라 나 있는 테라스의 서쪽 부분에는 폭이 채 1미터가 못 되는 빛의 띠가 난간 그림자와 지붕 그림자 사이를 가르고 있다. 이 순간 난간의 그림자에서 홈이나 구멍은 찾아볼 수 없다.

바로 이 창문 앞에 방의 안쪽 벽에 대어서 화장대가 놓여 있다. 니스칠 한 마호가니와 흰 대리석으로 만든 화장대는 식민지의 주택에서 흔히 볼 수 있는 모델이다.

거울 뒷면은 조잡한 나무판자가 덧대어 있는데 나무판자는 칙칙하고 불그스름한 타원 형태다. 그 위에 분필로 무언가 쓰여 있는데 거의 지워져 버렸다. 그 오른쪽으로 A⋯의 얼굴이 있다. 반대쪽 머리를 빗기 위해 고개를 자기 왼쪽으로 기울였기 때문에 그녀의 한쪽 눈이 거울 바깥으로 나와 있다. 그녀의 시선은 자연스럽게 앞쪽의 활짝 열린 창문과 잎이 무성한 바나나 나무들을 향한다.

이쪽, 테라스의 서쪽 측면은 끝이 부엌의 바깥문과 통한다. 그리고 부엌은 식당과 통한다. 식당은 오후 내내 시원하다. 부엌과 복도 사이, 아무 장식 없는 벽 위에 남아 있는 지네의 얼룩은 바닥에 깔리는 빛의 영향으로 잘 보이지 않는다. 식기는 세 벌이 놓여 있다. 세 개의 접시가 정사각형 식탁의 세 면을 차지하고 있다. 찬장 쪽, 창문 쪽, 그리고 긴 홀의 한가운데를 등지게 되는 쪽. 홀의 반은 일종의 응접실로 쓰이는데, 복도 쪽으로 난 입구와 안뜰로 향하는 문을 연결하는 선이 그 경계다. 이 문 덕분에 쉽게 창고로 갈 수 있다. 창고에는 원주민 감독관의 사무실이 있다.

그렇지만 식탁에서 응접실을 더 잘 보려면——혹은 창문으로 창고를 더 잘 보려면——프랑크의 자리, 즉 찬장을 등진 자리에 앉아야 한다.

그 자리는 지금 비어 있다. 그러나 의자는 제자리에 놓여 있고 접시와 식기도 항상 놓이는 자리에 잘 놓여 있다. 하지만 식탁 가장자리와 의자 등받이 사이의 공간에는 아무것도 없다. 그래서 두꺼운 밀짚을 십자형으로 꼰 의자 등받이의 무늬가 그대로 드러나 보인다. 접시는 깨끗한 채로 반짝거리고 그 옆으로 나이프와 포크 세트가 처음 상태 그대로 놓여 있다.

A…는 아무리 기다려도 손님이 오지 않자 더 이상 기다

리지 않고 점심을 먹기로 했다. 그녀는 굳은 표정으로 말 없이 창문 쪽 자기 자리에 앉아 있다. 햇빛을 등지고 앉는 그 자리는 불편할 게 분명하지만 결국은 그녀 자신이 선택한 것이다. 그녀는 동작을 최대한 아껴가면서 식사를 한다. 고개를 좌우로 돌리는 법이 없고 눈꺼풀은 약간 찡그린 채, 마치 맞은편 벽에서 무슨 얼룩이라도 찾으려는 듯하다. 그러나 티끌 하나 없이 깨끗한 페인트칠 위에는 시선을 끌 만한 것이라곤 하나도 없다.

오지 않은 손님 몫의 쓸모없는 접시를 그대로 둔 채 보이는 오르되브르를 치우고 나서, 두 손에 크고 움푹한 접시를 들고 열린 부엌문으로 다시 들어온다. A…는 안주인으로서 음식을 확인하기 위해 고개를 돌리거나 하지도 않는다. 보이는 아무 말 없이 그녀의 오른편 하얀 테이블보 위에 접시를 놓는다. 접시에 들어 있는 것은 노르스름하고 걸쭉한 참마 수프인 듯하다. 접시에서 가느다란 증기가 피어오르다 갑자기 휘어지더니 넓게 퍼지며 흔적도 없이 사라진다. 곧 또 다른 증기가 길고 가느다랗게 수직으로 피어오른다.

식탁 중앙에는 이미 새로운 요리 접시가 놓여 있다. 접시에는 갈색 소스를 끼얹은 작은 새 구이 세 개가 가지런히 놓여 있다.

보이는 여느 때와 다름없이 조용히 물러갔다. A…는 불현듯 아무 장식도 없는 벽에서 시선을 떼고, 그녀의 오른쪽과 앞에 있는 접시 두 개를 번갈아 쳐다본다. 알맞은 스푼을 들고서 그녀는 조심스럽고 정확한 동작으로 음식을 먹는다. 가장 작은 새 구이 하나와 약간의 수프. 그다음에는 자기 오른쪽에 있는 접시를 들어 왼편에다 놓는다. 커다란 스푼은 그 안에 그대로 들어 있다.

그녀는 세심한 동작으로 자기 접시 안에 들어 있는 음식을 자르기 시작한다. 그 대상이 아주 작은데도, 마치 해부 실습을 하듯이 팔다리를 떼어내고 몸체는 잘게 토막 낸 다음 고기 토막을 포크로 누르고 칼끝을 이용해 뼈에서 살을 발라낸다. 그녀는 힘을 주거나 칼질을 두 번 하는 일이 없고, 힘들거나 서투른 일을 하는 기색도 전혀 찾아볼 수 없다. 사실 이 새 요리는 식탁에 자주 오른다.

식사를 마치자 그녀는 식탁에서 고개를 들고 다시 미동도 하지 않는다. 그동안 보이가 작은 갈색 뼈들이 남아 있는 접시를 치우고 이어서 커다란 접시 두 개를 치운다. 큰 접시 하나에는 세 번째의 구운 새 요리가 그대로 있다. 프랑크를 위한 것이었다.

그의 식기는 식사가 끝날 때까지 처음 상태 그대로 있다. 의심할 여지 없이 그는 농장에 예기치 않은 사고가 생겨 늦는 것일 게다. 왜냐하면 프랑크는 아이나 아내 때문에 점심 식사를 늦추는 법이 없기 때문이다. 이런 일은 드물지 않게 일어난다.

이제 오기로 한 사람이 올 가능성이 거의 없는데도 A…는 여전히 큰길로부터 언덕을 내려오는 자동차 소리를 기다리고 있는 것 같다. 그러나 반쯤 열린 식당 창문을 통해 모터가 부릉거리는 소리는 들려오지 않는다. 그 밖에 다른 어떤 소리도 들리지 않는다. 하루 중 이맘때는 일체의 작업이 중단되고 짐승들도 더위에 숨을 죽인다.

구석의 창문은 활짝은 아니지만 양쪽 날개가 다 열려 있다. 오른쪽 날개는 겨우 살짝 열려 있기 때문에 아직도 창틀의 반을 가리고 있다. 반대로 왼쪽 날개는 벽 쪽으로 활짝 젖혀 있다. 그러나 옆의 창틀과 직각을 이루지 않는 것으로 봐서 왼쪽 날개도 끝까지 젖힌 것은 아니다. 이렇게 해서 창문의 공간은 높이가 같고 폭이 비슷한 세 개의 면으로 나뉜다. 가운데 면은 열린 공간이고 양쪽 옆은 세 개씩의 판유리로 이루어진 유리창이다. 각각의 면은 하나의 풍경, 즉 자갈이 깔린 안뜰과 무성한 바나나 나무 잎사귀를 일부분씩 담고 있다.

유리창은 아주 깨끗하다. 오른쪽 면으로는 유리의 거친 결 때문에 바나나 나무의 배열이 약간 비뚤어져 보인다. 유리의 거친 결은 매우 균질한 표면 위에 무정형의 무늬를 약간 만들어낼 뿐이다. 그러나 왼쪽 면에 비춰지는 좀 더 진하고 반짝거리는 이미지는 크게 뒤틀려 있다. 초승달 모양으로 돌아가는 초록색 얼룩이 창고 앞에 있는 안뜰 한가운데서 어른거린다.

지금 막 도착한 프랑크의 커다란 푸른색 세단이 바나나 나뭇잎의 움직이는 둥근 무늬 중 하나에 흔들려 보인다. 먼저 자동차에서 내린 A…의 하얀 드레스도 마찬가지다.

그녀는 자동차의 닫힌 문 쪽으로 몸을 숙인다. 만약 유리창이 내려져 있다면──그럴 가능성이 높은데──A…는 얼굴을 자동차 좌석의 쿠션 위 공간으로 집어넣을 수 있다. 그녀는 몸을 일으키면서 차창의 틀에 잘 손질한 머리가 망가질까 봐, 또 방금 감았기 때문에 더욱 헝클어지기 쉬운 머리칼이 핸들 앞에 앉아 있는 운전사에게 흘러내릴까 봐 걱정하지 않는다.

그러나 그녀는 아무 문제 없이 푸른색 자동차에서 몸을 뗀다. 자동차의 모터는 여전히 돌고 있다. 부릉거리는 소리가 점점 커지면서 안뜰을 가득 채운다. 마지막으로 뒤를 한번 돌아본 뒤, 그녀는 혼자서 단호한 걸음걸이로 응접실과 바로 연결되는 집의 정문 쪽으로 온다.

이 문에서부터 복도가 시작된다. 복도와 응접실 겸 식당 사이에는 아무런 칸막이도 없다. 복도 양쪽으로 방문들이 늘어서 있다. 왼쪽 제일 끝은 사무실 문인데 완전히 닫혀 있지 않다. 문은 경첩에 기름칠을 잘했기 때문에 삐걱거리는 소리를 내지 않고 열린다. 이어서 열릴 때와 마찬가지로 다시 소리 없이 제자리로 돌아간다.

집의 한쪽 끝에 있는 출입문이 아무렇게나 열렸다가 다시 닫혔다. 그리고 타일 바닥을 걷는 높은 굽의 작지만 또렷한 소리가 중앙 홀을 가로질러 복도를 따라 다가온다.

발소리는 사무실 문 앞에 멈춘다. 그러나 문이 열렸다 닫히는 곳은 맞은편 방이다.

맞은편 방의 창문과 대칭을 이루는 이곳의 창문 세 개는 이 시간에는 블라인드를 절반 이상 내려놓는다. 따라서 사무실은 사물의 입체감을 철저하게 지워버리는 산발적인 빛 속에 잠겨 있다. 사물의 윤곽은 또렷하지만, 연속적인 면들은 어떤 깊이감도 없이 평면적인 느낌을 준다. 그래서 거리감을 확실하게 느끼기 위해서는 본능적으로 두 손을 앞으로 내밀게 된다.

다행히도 방 안에는 집기가 그다지 많지 않다. 벽 앞에는 서류 정리함과 책장이 있고 의자 몇 개와 서랍이 달린 커다란 사무용 책상이 있다. 그것은 남향인 두 창문 사이를 전부 차지한다. 창문 중 하나──복도에 가장 가까운 오른쪽 창──에서는 블라인드의 얇은 나무 살의 비스듬한 틈새를 통해 테이블과 팔걸이의자가 놓인 테라스의 풍경을 볼 수 있다. 풍경은 블라인드 살에 의해 평행한 빛 줄기로 조각조각 나뉘어 있다.

사무용 책상 한 귀퉁이에는 자개를 박은 사진틀이 세워져 있는데, 그 속에는 아프리카에 살게 된 뒤 처음으로 유럽에서 휴가를 보냈을 때 거리의 사진사한테서 찍은 사진이 한 장 들어 있다.

현대적으로 꾸민 커다란 카페 앞에서 A⋯가 복잡하게 꼬인 철제 의자에 앉아 있다. 의자의 팔걸이와 등받이는 활꼴 아치 모양으로 꼬여 있기 때문에 보기보다는 불편할 것 같다. 그러나 A⋯가 의자에 앉아 있는 품은 평소 그녀답게 조금도 피로한 기색 없이 자연스러워 보인다.

그녀는 약간 몸을 돌려 사진사에게 미소 짓고 있다. 마치 사진사에게 이 즉흥적인 사진 촬영을 허락해 준다는 듯이 말이다. 동시에 맨살이 드러난 팔은 옆에 있는 테이블 위에 잔을 놓으려는 동작을 바꾸지 않았다.

하지만 잔에 얼음을 넣으려고 한 것은 아니다. 왜냐하면 그녀는 반짝이는 금속제 얼음 통에는 손도 대지 않고 있기 때문이다. 얼음 통 표면에는 곧 김이 서렸다.

미동도 하지 않고 그녀는 앞쪽 골짜기를 바라보고 있다. 그녀는 말이 없다. 프랑크는 왼쪽에 있어서 모습을 볼 수 없지만 역시 잠자코 있다. 그녀는 등 뒤쪽에서 이상한 소리를 들었을지도 모른다. 또 아무 생각 없이 몸을 움직이다가 우연히 블라인드 쪽을 보게 될지도 모른다.

동쪽으로 난 창문, 즉 사무실의 저쪽 창문은 맞은편 방의 대칭을 이루는 창문처럼 간단히 십자형 창살을 넣은 유리창이 아니다. 일종의 유리문으로 복도를 통하지 않고 바로 테라스로 나갈 수 있게 해준다.

테라스의 이 부분은 아침 햇살을 받고 있다. 아침 햇살만은 아무도 피하려 들지 않는다. 해돋이 후의 아주 상쾌한 대기 속에서 새들의 노랫소리가 밤새 울던 귀뚜라미들의 노래와 교대한다. 새소리는 귀뚜라미 소리를 닮긴 했지만 훨씬 불규칙하고 때로는 좀 더 음악적이다. 새들도 귀뚜라미와 마찬가지로 집 주위를 둘러싼 무성한 바나나 나뭇잎 밑에 숨어서 모습을 드러내지 않고 있다.

집과 바나나 농장을 경계 짓는 빈 터에는 똑같은 간격을 두고 어린 오렌지 나무들이 서 있다. 빈약한 나무줄기에 우중충한 빛깔의 잎이 드문드문 달려 있다. 대지는 아침 이슬이 잔뜩 맺힌 무수한 거미줄로 반짝이고 있다. 작은 거미들이 경작이 끝난 후에 흙무더기 사이에 쳐놓은 것들이다.

오른쪽으로 테라스의 이쪽 끝은 응접실과 만난다. 그러나 아침 식사를 하는 곳은 언제나 골짜기 전체를 바라다볼 수 있는 집의 남쪽 정면이다. 보이가 내다 놓은 유일한 팔걸이의자 옆 낮은 탁자 위에는 이미 커피포트와 찻잔이 놓여 있다. 이 시간에 A…는 아직 일어나지 않았다. 그녀의 방 창문은 여전히 닫혀 있다.

골짜기 안쪽 시냇물 위에 놓인 통나무 다리 위에 한 남자가 상류 쪽을 향해 웅크리고 앉아 있다. 이 지방 원주민으로 푸른색 바지와 색깔 없는 메리야스를 입고 양어깨는 맨살을 드러냈다. 그는 수면 위로 몸을 숙이고 있다. 마치 흙탕물 속에서 무언가를 보려고 애쓰는 듯하다.

그의 앞 저쪽 기슭에는 사다리꼴 모양의 소농지가 펼쳐져 있는데 강과 접하는 면은 곡선을 그리고 있다. 소농지의 바나나 나무는 모두 최근에 수확하였다. 나무 그루터기를 세는 일은 쉽다. 나무 둥치가 잘리면서 그 자리에 원반형으로 베인 짧은 그루터기를 남겨놓았기 때문이다. 그루터기는 잘린 시기에 따라서 희거나 혹은 노르스름하다. 왼쪽에서 오른쪽으로 줄을 따라 세어보면 스물셋, 스물둘, 스물둘, 스물하나, 스물하나, 스물, 스물하나, 스물, 스물 등등…….

각각의 흰색 원반 모양 바로 곁에는 새로 심은 새싹이 사방으로 돋아나 있다. 첫 송이의 결실 상태에 따라 다르지만 이 새로운 나무들은 이제 50센티미터에서 1미터 높이로 자라 있다.

A⋯는 이제 막 유리잔과 병 두 개와 얼음 통을 가져왔다. 그녀는 잔 세 개에 먼저 코냑을, 다음에는 탄산수를 따른다. 마지막으로 입방체의 투명한 얼음을 세 개 넣는다. 얼음 속에는 은빛의 가는 금들이 다발을 지어 있다.

"일찍 떠나기로 하지요." 프랑크가 말한다.

"일찍이라면?"

"6시 정도가 어떨까 하는데요."

"어머나⋯⋯!"

"불안하신가요?"

"천만에요." 그녀가 웃는다. 그다음 잠시 말이 없다가 다시 입을 연다. "오히려 퍽 재미있겠는데요."

그들은 조금씩 마신다.

"일이 잘된다면," 프랑크가 말한다. "우리는 10시쯤에 시내에 도착할 겁니다. 그러면 점심 먹기 전에 시간이 꽤 있을 겁니다."

"물론 저도 그편이 좋아요." A⋯가 말한다.

그들은 조금씩 마신다.

이어서 두 사람은 화제를 바꾼다. 그들은 얼마 전부터 읽고 있던 책을 끝냈다. 그래서 이제 책 전체에 대해 이야기할 수 있다. 즉 앞서 읽었던 에피소드들(예전에 이야깃거리가 되었던)과 더불어, 그 에피소드들을 새롭게 조명하며 보충적 의미를 더해 주는 책의 결말에 대해서도 말할 수 있게 된 것이다.

두 사람은 소설의 주제에 대해서는 최소한의 가치 판단도 내리지 않았다. 반대로 소설의 장소와 사건, 인물들에 관해서는 마치 실제 존재하기라도 하듯이 이야기했다. 마치 그들이 기억할 수 있는 장소에서(더구나 소설의 무대는 아프리카다.) 그들이 알고 있는 사람들에 대한 이야기를 직접 듣는 듯한 태도였다. 두 사람 사이의 대화에서는 이야기의 개연성이나 일관성 혹은 이야기의 질 따위는 문제되지 않았다. 반면 인물들의 몇몇 행동이나 특징적인 성격에 대해 마치 그 인물이 자기들 친구라도 되는 듯 비난하곤 했다.

두 사람은 때로는 이야기 속의 우연을 아쉬워하기도 하며 '운이 없는 거죠.' 하고 말하기도 하고, '만약 그렇게 되지 않았다면' 하고 새로운 가정 아래 또 다른 결말을 그럴듯하게 만들어보기도 한다. 그러는 동안에 이야기는 새로운 갈래가 생겨나 전혀 엉뚱한 결말에 이르게 된다. 이야기가 너무나 많은 갈래를 뻗는다. 그 갈래들에서 또 다른 갈래가 생겨난다. 두 사람은 그렇게 이야기가 가지를 뻗어나가는 것을 즐기는 듯하다. 서로 미소를 교환하고 놀이에 열중하면서 이야기의 증식에 얼마간 도취된 것이 분명하다.

"하지만 불행히도 남자는 그날 조금 일찍 돌아갔지요. 아무도 그걸 예측하지 못했단 말입니다."

이렇게 말하면서 프랑크는 단숨에 지금까지 함께 쌓아 올린 공상을 날려버린다. 반대의 가정을 해보는 것은 아무 소용없다. 세상은 있는 그대로다. 현실을 변화시킬 수는 없다.

그들은 조금씩 마신다. 세 개의 유리잔 속에서 얼음 덩어리는 이제 완전히 사라졌다. 프랑크는 자기 잔 밑바닥에 남은 금빛 액체를 들여다본다. 그는 술잔을 이리저리 기울이며 유리 벽에 맺힌 작은 방울들이 떨어지는 것을 재미있게 바라보고 있다.

"그래도 처음엔 참 잘 달렸지요." 그는 A…를 증인으로 삼으려는 듯 그녀 쪽을 돌아본다. "우린 예정대로 떠나서 아무 탈 없이 달렸습니다. 시내에 도착했을 때는 겨우 10시밖에 안 되었지요."

프랑크는 말을 멈췄다. A…가 말을 받는다. 마치 프랑크가 계속 말하도록 격려하려는 듯하다.

"하루 종일 아무 이상 없었지요. 안 그래요?"

"네, 아무 이상도. 어떻게 보면 차라리 점심 전에 바로 고장이 났더라면 좋았을 뻔했습니다. 길에서가 아니라 점심 식사 전 시내에서 말입니다. 그러면 시내 중심에서 좀 떨어진 곳에서 일을 보기는 불편했겠지만, 적어도 오후에는 자동차 정비소에 수리를 맡길 수 있었을 테니까요."

"별로 대단한 고장은 아니었지요." A…가 묻는 듯한 투로 잘라 말한다.

"그렇고말고요."

프랑크는 자기 잔을 쳐다본다. 꽤 오래 침묵이 흐른 다음 이번엔 아무도 묻지 않았는데 설명을 계속한다.

"저녁을 먹고 나서 출발하려고 하자 모터가 전혀 말을 듣지 않았어요. 어떻게든 대책을 세우기에는 확실히 너무 늦었어요. 자동차 정비소는 모두 문을 닫은 상태였거든요. 어쩔 수 없이 다음 날까지 기다려야 했습니다."

그의 말은 하나하나가 논리적인 방식으로 이어진다. 조심스럽고 틀에 박힌 듯한 말투는 법정에서의 증언이나 암송을 닮아가고 있다.

"그렇지만," A…가 말한다. "처음엔 혼자서 고칠 수 있다고 생각하셨지요. 어쨌든 애써보셨으니 말이에요. 하지만 당신은 대단한 기술자는 아니신가 봐요. 그렇죠?"

그녀는 마지막 말을 하면서 미소 짓는다. 그들은 서로 쳐다본다. 이번엔 프랑크가 미소 짓는다. 그러나 미소는 천천히 일그러진 표정으로 변한다. 반면에 그녀는 여전히 즐거운 듯 태연한 모습을 하고 있다.

하지만 프랑크가 임시변통으로 수리해야 했던 적이 전혀 없었던 것은 아니다. 그의 트럭은 툭하면 고장이 났으니까…….

"그렇습니다." 그가 말한다. "그 차의 모터에 대해서는 이제 좀 알기 시작했지요. 하지만 그 차는 골치를 썩인 적이 없습니다."

사실 그 푸른색 세단은 이제까지 한번도 고장을 일으킨 일이 없었다. 더구나 차는 거의 신형이다.

"무슨 일에나 처음이 있는 법이죠." 프랑크가 말한다. 그리고 잠시 쉬었다 말을 잇는다. "그날은 재수가 없었을 뿐이죠…….."

그는 오른손으로 작은 동작──위로 들었다가 다시 천천히 아래로 내리는──을 하며 가죽 천이 덮인 의자의 팔걸이 위에 다시 손을 얹는다. 프랑크는 피곤한 표정을 하고 있다. 조금 전 표정이 일그러진 뒤로 미소는 다시 나타나지 않는다. 그의 몸은 의자에 깊숙이 가라앉은 듯하다.

"재수가 없었지요. 그렇지만 큰 사고는 아니에요." A…
는 동행했던 사람의 어조와는 대조적으로 태평스러운 목소
리로 다시 말을 잇는다. "사고가 났다는 것을 알릴 방법만
있었더라면 늦는 것은 전혀 문제가 되지 않았을 거예요.
이런 산골짜기에 있는 농장에 무슨 수로 연락할 수 있었겠
어요? 어쨌든 한밤중에 길에서 고장 난 것보단 훨씬 다행
이에요!"

교통사고가 난 것보다도 다행스러운 일이다. 그저 대수
롭지 않은 우연한 고장이고 시시한 모험이며 식민지 생활
의 사소한 불편 가운데 하나에 지나지 않는 것이다.

"그만 돌아가 봐야겠습니다." 프랑크가 말한다.

그는 A…를 바래다주려고 잠깐 들렀던 것이다. 이제 더
이상 지체하고 싶어 하지 않는다. 크리스티안이 걱정하고
있을 것이고 그는 서둘러서 그녀를 안심시켜 주어야 한다.
그는 갑자기 기운을 차리고 팔걸이의자에서 일어나더니 잔
을 단숨에 들이켜고는 낮은 테이블 위에 내려놓는다.

"안녕히 가세요." A…가 의자에서 일어나지 않은 채 말
한다. "감사했습니다."

프랑크는 팔을 한번 휘두른다. 사양을 나타내는 의례적
표시다. A…는 뜻을 꺾지 않는다.

"웬걸요! 이틀 동안 제가 괴롭혀드렸잖아요."

"천만에요. 오히려 누추한 호텔에서 밤을 지내시게 해서
죄송합니다."

그는 두 발자국 걸어가다가 집을 가로지르는 복도 바로

앞에 멈춰서는 반쯤 몸을 돌린다. "게다가 기술이 형편없어서 죄송합니다." 그의 입술에는 먼저와 똑같이 찡그린 표정이 아까보다 조금 빠르게 스쳐 지나간다. 그는 집 안쪽으로 사라진다.

그의 발소리가 복도 타일 위에 울린다. 그는 오늘 가죽 밑창을 댄 단화를 신고 흰 양복을 맞추어 입었는데, 그 옷은 여행을 하는 바람에 구겨져 있다.

집의 한쪽 끝 출입문이 열렸다가 다시 닫히자 이번엔 A…가 일어서서 테라스를 떠나 마찬가지로 복도로 향한다. 그러나 그녀는 곧바로 자기 방에 들어간다. 그녀는 문 뒤에서 빗장을 소리 나게 잠근다. 북쪽 출입문 앞 안뜰에서는 차에 시동 거는 소리에 뒤이어 급발차할 때의 날카로운 소리가 들린다. 프랑크는 차의 어디가 고장 났는지에 대해서는 한마디도 하지 않았다.

A…는 아침나절 내내 활짝 열어놓았던 방의 창문들을 닫고 블라인드를 하나씩 내린다. 그녀는 옷을 갈아입을 것이다. 그러고는 방금 긴 여행길에서 돌아왔으니 분명히 샤워를 할 것이다.

욕실은 침실과 바로 통한다. 욕실의 두 번째 문은 복도로 나 있다. 분명한 동작에 의해 문의 빗장이 소리를 내며 안에서 잠긴다.

이어지는 방은 마찬가지로 복도의 같은 쪽에 있다. 먼저 방보다 훨씬 작고 싱글베드 하나만 놓여 있는 침실이다. 2미터 앞에서 복도는 식당으로 연결된다.

식탁에는 한 사람분의 식기밖에 준비되어 있지 않다.

A…의 식기를 추가해야 할 것이다.

아무 장식 없는 벽에는 짓이겨진 지네 자국이 아직도 또 렷하게 눈에 띈다. 차분하고 깨끗하게 칠한 페인트칠을 망 칠까 봐 얼룩을 지우려는 어떤 시도도 하지 않았음이 틀림 없다. 닦아내면 아마 페인트칠이 벗겨질 것이다.

식탁에는 세 사람의 식기가 평소대로 배치되어 있 다……. 프랑크와 A…는 각자 자기 자리에 앉아서 다음 주 중에 함께 시내에 가기로 한 것에 대해 이야기하고 있다. A…는 시장 봐야 할 것이 많고 프랑크는 구입할 새 트럭을 알아보기 위해 가는 것이다.

두 사람은 이미 출발 시간과 귀가 시간도 정했고 오고 가는 데 소요되는 시간도 대략 계산해 보았다. 그곳에서 볼일을 보는 데 소요되는 시간은 물론 점심 및 저녁 식사 시간도 고려에 넣었다. 두 사람은 식사를 따로 할지 아니 면 만나서 함께 할지는 정확히 정하지 않았다. 그러나 그 건 문제가 안 된다. 왜냐하면 여행 온 손님들에게 먹을 만 한 음식을 파는 식당은 단 하나뿐이기 때문이다. 따라서 그들이 식당에서 다시 만나는 것은 자연스러운 일이다. 특 히 저녁 식사 때는 더욱 그렇다. 왜냐하면 저녁을 먹자마 자 바로 집으로 향해야 하기 때문이다.

마찬가지로 이런 기회를 이용해서 A…가 시내로 가려고 하는 것도 자연스러운 일이다. 더욱이 그렇게 먼 길을 갈 때, 바나나를 가득 실은 트럭에 동승하는 불편한 방법보다 는 이 방법을 선호하는 것이 당연하다. 또 원주민 운전사 보다 프랑크와 동행하는 것을 선호하는 것도 자연스러운 것이다. 기계를 다루는 데 있어 그녀가 원주민 운전사를 상당히 높게 평가하고 있더라도 말이다. 그녀가 만족할 만한 여건으로 시내에 갈 수 있는 기회는 그다지 많지 않다. 전혀 없다고는 말할 수 없지만 두말할 나위 없이 매우 예외적이다. 물론 중대하고 정당한 이유로 그녀가 명령에 가깝게 요구해 온다면 모르겠지만. 어쨌든 그것 역시 농장의 순조로운 운영에 어느 정도 방해가 된다.

그녀는 이번엔 아무것도 요구하지 않았고, 또 시내행의 구실이 되는 쇼핑의 정확한 성격을 밝히지도 않았다. 특별히 이유를 밝힐 필요는 없다. 친구의 차가 그녀를 집에서 태워 가서 그 밤 안으로 집에 다시 데려다 주는 차제에 말이다. 곰곰이 생각해 보면 이런 식의 약속이 왜 전에는 없었나, 오히려 그게 놀라울 뿐이다.

프랑크는 몇 분 전부터 아무 말 없이 먹고만 있다. 대화를 잇는 사람은 접시를 비우고 그 위에 나이프와 포크를 나란히 놓은 A…다. 그녀는 크리스티안의 소식을 묻는다. 최근에 크리스티안은 피로(아마 더위 탓인 듯한) 때문에 남편과 함께 오지 않았다.

"늘 그렇지요." 프랑크가 대답한다. "내가 기분도 전환할 겸 항구까지 우리와 같이 가자고 했지만 아이 때문에 싫다더군요."

"분명히 해안 쪽은 더 더울 거예요." A…가 말한다.

"훨씬 후텁지근하겠죠." 프랑크가 동의한다.

이어서 항구와 이곳에서 각각 얼마큼의 키니네가 필요한가에 대해서 대여섯 마디의 말이 오갔다. 그러자 프랑크는 다시 그들이 지금 읽고 있는 아프리카를 무대로 한 소설의 여주인공에게 키니네가 미친 참혹한 결과를 화제에 올린다. 이렇게 해서 대화는 문제의 소설 속 비극적 사건으로 옮겨간다.

닫힌 창문 너머로 먼지가 인 안뜰에는 소형 트럭이 머리를 집 쪽으로 향하고 주차해 있다. 안뜰은 포장이 제대로 되어 있지 않아 자갈이 울퉁불퉁 튀어나와 있다. 이런 사소한 점을 무시한다면 차는 지정된 장소에 정확하게 주차돼 있다. 다시 말해 차의 형상은 창문의 오른쪽 날개 제일 아래 유리판과 가운데 유리판에 꽉 들어차 있는 것이다. 십자형 창살이 차의 실루엣을 크기가 같은 덩어리 두 개로 수평 분할하고 있다.

열린 부엌문으로 A…는 식당에 들어가 식사가 준비된 식탁으로 향한다. 그녀는 요리사에게 몇 마디 하려고 테라스를 한 바퀴 돌아온 것이다. 요리사의 수다스럽고 노래하는 듯한 목소리가 아주 잠깐 울려 퍼졌다.

A…는 샤워를 한 뒤 옷을 모두 갈아입었다. 크리스티안이 열대 기후에는 적당하지 않다고 생각하는 몸에 딱 붙는 밝은 색 옷이다. 그녀는 늘 앉는 자리에 가서 창을 등지고 앉는다. 보이가 새로 추가한 깨끗한 식기가 그 앞에 놓여 있다. 그녀는 냅킨을 무릎에 펼치고 왼손으로 접시 뚜껑을 열고 음식을 먹기 시작한다. 그녀가 욕실에 있는 동안 이미 손댄 음식들은 그대로 식탁 위에 두었는데도 아직 따뜻하다.

그녀가 말한다.

"여행을 했더니 배가 고프군요."

그녀는 이어서 자신이 없는 동안 농장에 별일이 없었는지 묻는다. 그녀의 표현, 즉 '새로운 일'이 없었냐는 말은 경쾌한 어조로 발음되는데, 그 경쾌함은 특별한 관심을 의미하는 것은 아니다. 게다가 새로운 일이란 아무것도 없다.

하지만 A…는 이례적으로 이야기를 하고 싶어 하는 눈치다. 그녀의 말에 따르면 자신이 집을 비운 동안 많은 일이 일어난 듯한 느낌이란다. 그녀 자신은 그 시간을 매우 알차게 보냈다고 한다.

농장에서도 그 시간은 잘 이용되었다. 그러나 그 내용은 결과가 뻔한 매일 매일의 작업과 거의 언제나 똑같은 일들의 반복이었다.

그녀가 가져온 소식을 물으면 이미 다 아는 정보 네댓 가지를 말해 줄 뿐이다. 예를 들어 첫 번째 마을을 지나면 약 10킬로미터에 걸쳐서 도로가 아직 공사 중이라느니, '캅 생 장(Cap Saint Jean)'호는 선적을 기다리며 선창에 계류 중이라느니, 새 우체국 공사는 세 달 전에 비해 전혀 진전이 없다느니, 도로국(局)은 여전히 맘에 안 든다느니 등등…….

그녀는 다시 식사를 한다. 소형 트럭은 창고 안 그늘진 곳에 갖다 두는 것이 좋을 것이다. 한낮에는 아무도 트럭을 쓰지 않을 테니까. 창유리의 거친 결은 둥글고 움푹 파인 무늬를 만들어, 차의 앞바퀴 뒤 동체 아랫부분의 형상을 일그러뜨리고 있다. 그 아래쪽으로는 자갈 지대를 경계로 화면의 중심 형체로부터 분리된, 페인트칠한 반원형 함석판이 원래 위치에서 족히 50센티미터는 굴절되어 있다. 게다가 이 이상한 조각은 자유자재로 움직이며 모양과 크기를 바꾼다. 오른쪽에서 왼쪽으로 갈수록 크기가 커지고 반대 방향으로 가면 다시 작아진다. 아래쪽으로 갈수록 초승달 모양이 되고 위로 가면 완전한 원형을 이룬다. 또 술장식을 달 듯 두 개의 동심원으로 된 후광을 이끌기도 한다. (그것은 폭이 몹시 좁으며 순간적으로 나타나는 것에 불과하다.) 마지막으로 그 형상은 훌쩍 건너뛰어 원래의 면에 섞이거나 갑작스럽게 수축하면서 사라진다.

A…는 조금 더 이야기하고 싶은 눈치다. 그렇지만 그녀는 밤을 지낸 방에 대해서는 설명하지 않는다. 그건 별로 흥미 없는 얘깃거리라며 고개를 돌린다. 그 호텔이 불편하고 모기장도 너덕너덕 기웠다는 것은 누구나 알고 있다는 것이다.

바로 그때 그녀는 맞은편 장식 없는 벽에서 지네를 본다. 벌레가 놀라지 않도록 숨죽인 목소리로 그녀가 외친다.

"지네예요!"

프랑크가 눈을 든다. 옆에 앉아 있는 여인의 고정된 시선이 가리키는 방향을 따라서 오른쪽으로 고개를 돌린다.

벌레는 벽 한가운데서 움직이지 않고 있다. 약한 불빛인데도 밝게 페인트칠한 벽 위에 그 모습이 선명하게 보인다. 프랑크는 아무 말도 하지 않고 다시 A…를 쳐다본다. 그러고는 소리 없이 일어선다. A…도 지네도 움직이지 않는다. 그러는 동안 프랑크는 둥글게 만 냅킨을 손에 쥐고 벽 쪽으로 다가간다.

손가락이 가느다란 손이 새하얀 식탁보를 움켜쥐고 경련을 일으켰다.

프랑크는 벽에서 냅킨을 떼고는 발로 타일 위에 있는 무언가를 주춧돌에 대고 짓이긴다. 그러고 나서 그는 자기 자리로 돌아와 앉는다. 뒤쪽 찬장 위에서 불을 밝히고 있는 램프의 오른쪽 자리다.

그가 램프 앞을 지나칠 때 그림자가 식탁 위를 휩쓸고 지나갔지만 곧바로 램프의 불빛이 다시 식탁을 비춘다. 그때 보이가 열린 문으로 들어온다. 그는 조용히 식탁을 치운다. A…는 언제나처럼 커피는 테라스로 내오라고 지시한다.

그녀와 프랑크는 자신들의 팔걸이의자에 앉아 있다. 그들은 전날부터 계획한 짧은 여행을 실행할 날짜에 대해 생각나는 대로 계속 이야기하고 있다.

이윽고 이야깃거리도 금방 바닥이 난다. 그 화제에 흥미가 없어진 것은 아니지만 대화를 이끌어갈 새로운 요소를 찾지 못하고 있다. 그들의 말은 점점 짧아지고, 대부분이 지난 이틀 동안 혹은 그 전에 주고받았던 이야기를 부분부분 되풀이하는 것에 불과하다.

극히 짧은 음절의 말소리는 그 사이를 점점 길게 메우는 어둠 때문에 마침내는 끊어져 버리고, 두 사람은 완전히 밤에 섞여들고 만다.

어둠 속에서 색이 바랜 셔츠와 드레스의 흐릿한 형체로만 두 사람의 존재가 드러난다. 두 사람은 나란히 앉아 상체를 등받이에 기대고 두 팔은 팔걸이 위에 얹고 있다. 팔걸이 주위에 이따금 두 사람의 불분명한 움직임이 일어난다. 아주 작은 폭의 움직임이어서, 시작했는가 하면 어느새 원래 상태로 돌아가 있다. 어쩌면 상상일지도 모른다.

귀뚜라미들마저 울음을 멈췄다.

들리는 것은 다만 여기저기서 터져 나오는 야행성 육식 동물의 가냘픈 울음소리와 붕붕거리는 풍뎅이 소리, 낮은 테이블에 사기 찻잔이 부딪히는 소리뿐이다.

지금 두 번째 운전사의 목소리가 창고 쪽에서부터 여기 가운데 테라스까지 들려온다. 그 목소리는 토속적인 가락을 노래한다. 가사는 알 수 없다. 아니 가사가 없는지도 모른다.

창고는 집 저쪽 커다란 뜰 오른쪽에 있다. 따라서 노랫소리는 비어져 나온 지붕 아래를 지나 사무실이 있는 모퉁이를 에돌아오는 것이다. 그러면서 소리는 확연하게 약해진다. 물론 소리의 일부분은 집의 남쪽 정면과 동쪽 박공에 있는 블라인드를 지나서 방 안까지 도달한다.

그것은 아주 편안한 목소리다. 음역은 꽤 낮았으나 힘이 있고, 더욱이 한 음정에서 다른 음정으로 부드럽게 흐르듯 옮겨가다가 갑자기 멈춘다.

이런 가락의 독특한 특성 때문에, 노래가 갑자기 중단된 것인지 — 예를 들면 노래를 부르면서 하던 작업 때문이라든지 — 아니면 자연스럽게 끝난 것인지 알 수가 없다.

마찬가지로 처음부터 시작하는 것인지 아니면 후렴인지 도저히 알 수 없는 대목에서 노래는 돌발적으로 급격하게 다시 시작한다.

반면에 다른 대목에 이르면 무언가 끝나가고 있다는 느낌이 든다. 모든 점에서 그렇다. 목소리는 점점 낮아지고 다시 침묵이 흐르고, 더 이상 말할 것이 아무것도 남아 있지 않은 듯한 느낌이다. 그러나 마지막이려니 했던 가락이 끝나면 아무런 단절 없이 너무나 쉽게 다른 가락이 뒤이어 나온다. 그리고 또 다른 가락과 또 다른 가락이 계속해서 이어지며 듣는 이로 하여금 노래에 흠뻑 빠져들게 한다. 그 순간 아무 예고도 없이 노래는 갑자기 멈춰버린다.

A…는 자기 방에서 고개를 숙이고 편지를 쓰고 있다. 그녀 앞에 놓인 연한 파란색 편지지에는 몇 줄밖에 쓰여 있지 않다. A…는 거기에 재빠르게 서너 마디의 말을 더 쓰고는 펜을 허공에 든 채 그대로 있다. 잠시 후 그녀는 고개를 든다. 그러는 동안 창고 쪽에서 또다시 노랫소리가 들려온다.

분명 같은 노래가 계속되는 것일 게다. 때때로 중심 가락은 희미해지는 듯하다가 잠시 후 한결 더 분명하게 다시 돌아온다. 그러나 이렇게 반복하고 미세하게 변주하고 중단했다가 제자리로 돌아오는 과정 속에서, 거의 느껴지지 않지만 계속 변화가 일어나 시간이 흐른 뒤에는 처음과는 크게 동떨어진 상태가 된다.

A…는 좀 더 잘 듣기 위해 열려 있는 옆의 창으로 고개를 돌린다. 골짜기 밑에서는 시냇물에 걸쳐놓은 통나무 다리를 수리하는 작업이 벌어지고 있다. 일꾼들은 다리 전체의 약 4분의 1 지점에서 흙을 제거했다. 흰개미가 갉아먹은

나무를 미리 적당한 길이로 잘라놓은, 곧고 껍질을 벗기지 않은 새 목재와 바꾸려는 것이다. 새 목재는 다리 바로 앞에 있는 길을 막고 가로놓여 있다. 운반한 사람들이 목재를 가지런히 늘어놓지 않고 아무렇게나 여기저기 내던져 버렸던 것이다.

처음 목재 두 개는 서로 평행으로 놓여 있다. (시냇물과도 평행을 이룬다.) 두 목재의 거리는 두 목재의 동일한 직경의 두 배 정도이다. 세 번째 목재는 두 목재의 길이를 3분의 1씩 분할하면서 비스듬하게 걸쳐 있다. 다음 목재는 세 번째 목재와 직각을 이루며 그것의 끝에 걸려 있다. 그리고 이 목재의 다른 쪽 끝은 마지막 목재와 만나 느슨한 V자 형태를 이루는데, 그 끝이 넓게 벌어져 있다. 그런데 마지막 통나무 역시 처음의 두 목재와 평행을 이루고 있어, 결과적으로는 통나무 다리가 걸려 있는 시냇물과도 평행이 된다.

마지막으로 다리의 목재를 수리하고 나서 시간이 얼마나 흘렀을까? 목재에는 원칙적으로 흰개미를 방지하는 처리가 되어 있어야 하는데, 예방이 부실했던 게 틀림없다. 조만간 새 목재도 시냇물의 정기적인 범람 때문에 개미 밥이 될 것이다. 건축물을 긴 세월 동안 효과적으로 보존하려면 지면에서 떨어뜨려 공중에 짓는 수밖에 없다. 집의 경우가 바로 그런 예다.

A…는 방에서 계속 편지를 쓰고 있다. 가늘고 촘촘하고 고른 글씨체다. 편지지는 이제 반쯤 채워졌다. 검은 머리칼이 부드럽게 웨이브 진 머리가 천천히 들리고 이어서 천

천히, 갑작스러운 움직임 없이 열린 창문 쪽으로 회전한다.

다리의 일꾼은 교체할 목재와 같은 수인 다섯이다. 그들은 지금 똑같은 자세로 웅크리고 앉아 있다. 두 팔을 넓적다리에 대고 두 손은 벌린 무릎 사이로 늘어뜨리고 있다. 그들은 서로 마주 보게끔 시냇물 오른쪽에 두 명, 왼쪽에 세 명이 자리 잡고 있다. 틀림없이 어떻게 작업을 끝낼 것인가에 대해 의논하고 있거나, 그렇지 않으면 그곳까지 목재를 운반해 오느라고 지쳐서 작업을 시작하기 전에 잠깐 쉬고 있는 것이리라. 어쨌든 그들은 전혀 움직이지 않는다.

그들 뒤로는 무성한 바나나 나무가 있는 사다리꼴의 소농지가 시냇물의 상류 쪽으로 펼쳐져 있다. 그 농지의 바나나 송이는 나무를 심은 이래 아직 수확한 적이 없기 때문에 나무들이 완벽하게 오점형의 배치를 이루고 있다.

다섯 명의 남자는 작은 다리의 이쪽과 저쪽에 대칭으로 늘어서 있다. 평행선을 이루는 두 그룹은 대열 안에서도 서로 간격이 똑같다. 시냇물 오른쪽에 있는 두 사람은 등만 보인다. 그들은 시냇물 왼쪽에 마주하고 있는 세 명의 동료 사이를 정확히 수직 이등분하는 지점에 자리 잡고 있다. 이 세 남자는 집 쪽을 바라보고 있는데, 집에서는 A…가 활짝 열린 창문 뒤에 서 있다.

A…는 서 있다. 그녀는 아주 연한 파란색의 보통 크기 편지지 한 장을 손에 들고 있다. 그 편지지에는 네 등분으로 접혔던 흔적이 뚜렷하게 남아 있다. 그러나 팔을 반쯤만 편 상태기 때문에 편지지는 허리께에 머물러 있다. 시선은 그것을 스쳐서 맞은편 산비탈 위 지평선 주위를 떠돈

다. A…는 노래를 듣고 있다. 노랫소리는 멀기는 하지만 아직도 똑똑하게 테라스까지 들려온다.

복도 문 저쪽으로 대칭을 이루는 창문, 즉 사무실의 창문 밑에는 프랑크가 자기 몫의 팔걸이의자에 앉아 있다.

A…는 직접 음료수를 가지러 다녀와서는 쟁반을 낮은 테이블 위에 놓는다. 그녀는 코냑의 병마개를 열어 나란히 놓인 세 개의 술잔에 따른다. 그다음 탄산수로 술잔을 채운다. 그녀는 처음 두 잔을 돌리고 세 번째 잔은 손에 들고 빈 의자에 가 앉는다.

그러고는 보통 때처럼 얼음이 필요한지를 묻는다. 병들을 냉장고에 넣어두었다가 꺼냈다고 설명한다. 그러나 병 가운데 하나만이 공기와 접촉해 겉에 부옇게 김이 서린다.

그녀가 보이를 부른다. 대답이 없다.

"우리 중 누군가 가는 것이 낫겠어요." 그녀가 말한다.

그러나 그녀도 프랑크도 자리에서 움직이지 않는다.

부엌에서 보이는 벌써 입방체의 얼음을 얼음 통에서 꺼내고 있다. 주인마님의 지시가 있었다는 것이다. 보이는 그 지시를 언제 받았는지를 정확하게 말하는 대신, 곧 얼음을 가지고 가겠노라고만 덧붙인다.

테라스에는 프랑크와 A…가 자신들의 의자에 그대로 앉아 있다. 그녀는 서둘러 얼음을 넣으려 하지 않았다. 그녀는 방금 보이가 갖다 놓은 번쩍거리는 금속제 얼음 통에 아직 손도 대지 않았다. 지금 얼음 통 표면에는 가벼운 김이 서려서 통의 광택이 흐려진다.

그녀와 마찬가지로 프랑크도 맞은편 산비탈 위 지평선을

바라보고 있다. 몇 겹이나 접은——아마 여덟 겹 정도일 것
이다——아주 연한 파란색 종이가 지금 그의 셔츠 오른쪽
주머니에서 비어져 나와 있다. 왼쪽 주머니는 단추가 제대
로 채워져 있다. 하지만 다른 한쪽 주머니의 덮개는 카키
색 천 끝에서 몇 센티미터나 비어져 나온 편지 때문에 들
려 있다.

A…는 연한 파란색 종이가 시선을 끄는 것을 본다. 그녀
는 보이와 자기 사이에 얼음 때문에 생긴 오해에 대해 설
명하기 시작한다. 보이에게 얼음을 가져오지 말라고 한 걸
까? 어쨌든 그녀가 하인에게 지시를 제대로 이해시키지 못
한 건 처음 있는 일이다.

"무슨 일에나 처음이 있는 법이죠." 그녀가 조용히 미소
지으며 대답한다. 그녀의 초록빛 눈은 깜빡거리지도 않고
하늘에 걸린 그림자의 단편을 되비치고 있다.

아래쪽 골짜기 밑에는 통나무 다리를 사이에 두고 양쪽
편 사람들의 위치가 바뀌었다. 시냇물 오른쪽 가에는 이제
일꾼 한 명밖에 없고, 다른 네 명은 반대편에 일렬로 늘어
섰다. 그러나 그들의 자세는 전혀 변하지 않았다. 시냇물
오른쪽에 남은 한 명의 일꾼 뒤에 목재 하나가 보이지 않
는다. 다른 두 개와 교차하고 있던 목재다. 반대로 시냇물
왼쪽에서 집 쪽을 바라보고 있는 네 명의 일꾼 뒤로 흙투
성이인 목재 하나가 똑똑히 모습을 드러낸다.

프랑크는 갑자기 기운을 차리고 팔걸이의자에서 일어나
더니 잔을 단숨에 들이켜고는 낮은 테이블 위에 내려놓는
다. 유리잔 속에 얼음 덩어리는 이제 완전히 사라졌다. 프

랑크는 꼿꼿한 자세로 복도 입구까지 걸어갔다. 그는 거기서 멈춰 선다. 고개와 상체가 A… 쪽으로 돌아간다. 그녀는 앉은 채다.

"게다가 기술이 형편없어서 죄송합니다."

그러나 A…의 얼굴은 그쪽을 향하고 있지 않다. 따라서 프랑크가 말할 때 나타난 입가의 비틀림은 그녀의 시야에 들어오지 않는다. 게다가 그 비틀림은 곧 흐릿한 흰색 양복과 더불어 복도의 희미한 어둠 속으로 흡수되고 만다.

그가 떠나면서 놓아둔 술잔 속에는 한쪽은 둥글고 다른 한쪽은 날카롭게 모난 작은 얼음 조각이 깨끗하게 녹아버렸다. 좀 더 멀리 탄산수 병과 코냑, 시냇물을 가로지르는 다리가 차례대로 보인다. 시냇물에 몸을 웅크리고 있던 다섯 남자는 이제 이렇게 자리를 바꿨다. 시냇물 오른쪽에 한 사람, 왼쪽에 두 사람, 그리고 나머지 두 사람은 다리 바로 위 하류 쪽 가장자리에 있다. 그들은 모두 대단한 주의를 기울여 가운데의 한 지점을 응시하고 있는 듯하다.

이제 목재 두 개만 갈면 된다.

그리고 프랑크와 안주인은 두 개의 똑같은 팔걸이의자에 앉아 있다. 그러나 자리가 바뀌었다. A…는 프랑크의 의자에 프랑크는 A…의 의자에 앉아 있는 것이다. 이렇게 하면 프랑크는 낮은 테이블 가장자리에 앉게 된다. 테이블 위에는 얼음 통과 술병이 놓여 있다.

그녀가 보이를 부른다.

보이는 즉시 집 모퉁이 테라스에 모습을 나타낸다. 그는 기계적인 걸음걸이로 낮은 테이블 쪽으로 오더니, 테이블을 들어 올리고 그 위에 있는 것을 하나도 엎지르지 않은 채 조금 떨어진 안주인 옆으로 옮겨놓는다. 그런 다음 한마디도 하지 않고 역시 로봇 같은 걸음걸이로 왔던 방향으로 가더니, 테라스의 동쪽 집의 다른 편 모퉁이로 사라진다.

프랑크와 A…는 팔걸이의자에 앉아 여전히 아무 말도 하지 않고 가만히 지평선만 쳐다본다.

프랑크는 차가 고장 난 이야기를 한다. 터무니없이 큰 제스처를 써가며 웃고 떠든다. 그는 옆에 놓인 잔을 들어 단숨에 비운다. 마치 술을 마시는 데는 맛을 음미할 필요가 없다는 듯이. 한번 꿀꺽하더니 그만이다. 그는 술잔을 식탁 위 접시와 접시 덮개 사이에 내려놓더니 곧 먹기 시작한다. 그의 놀랄 만한 식욕은 그가 내두르는 요란한 동작 때문에 더 눈길을 끈다. 오른손이 나이프, 포크, 빵을 차례로 집는다. 포크는 오른손과 왼손을 번갈아 옮겨 다니고, 고기를 조각조각으로 자르는 나이프는 매번 작업이 끝나면 다시 식탁 위로 돌아가며 그 자리에 포크가 손을 바꿔서 등장한다. 접시와 입 사이를 계속 오가는 포크의 움직임. 정성 들여 씹는 동안 얼굴에 드러나는 근육의 리드미컬한 변형. 채 다 씹기도 전에 이 모든 단계가 한결 더 빠른 속도로 반복된다.

오른손이 빵을 집어 입에 가져간다. 오른손이 빵을 식탁보 위에 다시 놓고 나이프를 잡는다. 왼손이 포크를 잡는다. 포크가 고기를 찌른다. 나이프는 고기를 자른다. 오른손이 나이프를 식탁보 위에 놓는다. 왼손이 포크를 오른손에 넘긴다. 포크는 고기 조각을 찔러 입으로 가져간다. 입은 오므렸다 폈다 하는 동작으로 씹기 시작한다. 그 동작은 얼굴 전체, 광대뼈, 눈, 그리고 귀에까지 미친다. 그동안 오른손은 다시 포크를 잡아 왼손에 건네주고, 빵을 잡고, 나이프를 잡고 다시 포크를……

보이가 열린 부엌문을 통해 들어온다. 그는 식탁 가까이로 다가온다. 그의 걸음걸이는 점점 더 고르지 못하다. 접시를 하나씩 치운 다음에 깨끗한 것으로 바꾸어놓을 때의 동작도 마찬가지다. 그는 잠시 후 마치 조잡하게 작동하는 기계처럼 박자를 맞추어 팔다리를 흔들며 나간다.

바로 그 순간, 아무 장식 없는 벽 위에 지네가 짓이겨지는 장면이 벌어진다. 프랑크가 일어나 냅킨을 들고 벽으로 가 지네를 벽에 대고 짓이기고, 냅킨을 떼어내고 다시 땅바닥에 대고 지네를 짓이긴다.

가느다란 손가락 관절을 가진 손이 새하얀 천 위에서 경련을 일으켰다. 벌리고 있던 다섯 개의 손가락을 너무 세게 그러쥐어, 그 사이로 천이 말려 들어갔다. 손가락보다 훨씬 긴 다섯 가닥의 천 주름 속에 손가락이 파묻혀 있다.

첫 번째로 보이는 손가락의 마디만이 눈에 띈다. 넷째 손가락에는 반지가 빛난다. 금으로 된 가느다란 링으로 살갗에서 약간 도드라져 있다. 손 주위로 주름이 방사상으로 퍼져 있는데, 중심에서 멀어질수록 더 넓게 퍼져서 마침내는 희고 단일한 평면이 되어버린다. 거기에 이제 막 프랑크의 손이 놓인다. 갈색의 큼직한 손으로 비슷한 모양의 크고 납작한 반지를 끼고 있다.

바로 그 옆으로 나이프의 날이 식탁보 위에 어둡고 작은 얼룩을 남겼다. 길고 구불구불한 얼룩 주위에 좀 더 희미한 자국이 둘러싸고 있다. 갈색 손은 잠깐 동안 주위를 더듬더니 갑자기 셔츠 주머니로 다시 올라간다. 그 손은 기계적인 동작으로 몇 센티미터나 비어져 나와 있는 여덟 겹으로 접힌 연한 파란색 편지를 더 깊숙이 넣으려고 한다.

셔츠는 목면으로 만든 것인데 여러 번 빨아서 카키색이 약간 바랬다. 주머니 윗단 아래에는 첫 번째 박음질 선이 가로로 흐르고, 그 아래 꼭짓점을 밑으로 한 활 무늬의 두 번째 박음질 선이 있다. 무늬의 꼭짓점 끝에는 보통 때 주머니를 닫을 수 있도록 단추가 달려 있다. 단추는 노르스름한 색깔에 플라스틱으로 만들어졌다. 그것을 꿰맨 실이 단추 중심에서 십자형을 그리고 있다. 편지는 주머니 가장자리에 수직으로 비어져 나왔는데, 깨알 같은 글씨가 빽빽하게 차 있다.

오른쪽에는 순서대로 카키색 셔츠의 짧은 소매가 보이고, 가운데가 불룩한 토산품 질항아리가 찬장 중앙을 표시하고 있고, 찬장 끝에 석유램프 두 개가 보인다. 석유램프는 꺼진 채로 벽 쪽에 나란히 붙어 있다. 그리고 더 오른쪽으로는 식당의 한 모퉁이가 보이고 바로 옆에 첫 번째 창문의 젖힌 한쪽 날개가 보인다.

이어서 프랑크의 차가 등장한다. 유리창 너머로 보이는 차는 자연스럽게 대화의 소재가 된다. 그의 차는 푸른색의 미국 산 세단으로 차체는 먼지투성이지만 새것 같아 보인다. 모터도 상태가 매우 좋다. 아직 한번도 주인의 골치를 썩인 일이 없다.

그 차의 주인은 운전석에 그대로 있다. 함께 탔던 여인만 뜰의 자갈투성이 땅바닥에 내렸을 뿐이다. 그녀는 굽이 매우 높은 고급 구두를 신고 있기 때문에 비교적 고른 지면을 찾아 발을 디디려고 노력할 터이다. 그러나 그녀는 그런 것에 전혀 구애받지 않는다. 그 어려움조차 모르는 듯하다. 그녀는 차 앞문 옆에 멈춰 서서, 최대한 내린 차창을 통해 회색 고급 천으로 된 쿠션 위로 몸을 숙인다.

치맛자락이 넓게 퍼지는 흰 드레스가 허리께까지 사라진다. 머리, 팔, 상반신의 윗부분이 차창 속에 들어가는 동시에, 그 안에서 일어나는 일을 볼 수 없게 한다. A…는 분명히 직접 들고 오기 위해 막 쇼핑을 끝낸 물건들을 주워 모으는 중이리라. 왼쪽 팔꿈치가 다시 나타나고 곧이어 팔뚝과 손목, 손이 나타난다. 손은 자동차의 창틀을 잡고 있다.

잠시 동작이 멈춘 후 이번에는 다시금 양어깨가 햇빛을 받으며 드러나고, 이어서 목과 숱 많은 검은 머리가 나타난다. 물결치는 머리의 모양이 약간 헝클어져 있다. 그리고 마침내 오른손이 나타나는데, 그 손에는 입방형의 아주 작은 초록색 꾸러미를 매단 끈이 쥐어져 있을 뿐이다.

에나멜 칠을 한 창틀의 먼지 위에 손가락 자국 네 개를 나란히 남긴 채 왼손은 흐트러진 머리를 급하게 정돈한다. 동시에 A…는 푸른색 차에서 떨어져 마지막으로 뒤를 한번 돌아본 뒤, 단호한 걸음걸이로 출입문을 향한다. 안뜰의 울퉁불퉁한 지면이 마치 그녀 앞에서는 고른 평지라도 되어버리는지 A…는 발을 내디딜 때 바닥에 눈길 한번 주지 않는다.

이어서 그녀는 출입문을 밀고 들어와 문을 다시 닫고 그 앞에 선다. 거기서는 집 안을 한눈에 볼 수 있다. 중앙 홀(홀의 왼쪽은 응접실로 쓰고 오른쪽은 식당으로 쓴다. 식당의 식탁에는 벌써 저녁 식사용 식기가 준비되어 있다), 가운데 복도(복도 양편으로 다섯 개의 문이 늘어서 있는데 모두 닫혀 있다. 세 개는 오른쪽에 두 개는 왼쪽에 있다). 테라스, 햇빛을 받고 있는 난간 너머 맞은편 골짜기의 산비탈이 보인다.

골짜기 꼭대기로부터 아래로 내려오면서 산비탈은 세 부분으로 나뉜다. 불규칙한 띠를 이루는 황무지 덤불숲과 각기 조성 시기가 다른 경작지 두 곳이다. 덤불숲은 짙은 갈색 빛에 군데군데 작은 초록빛 관목이 자라나 있다. 좀 더 키가 큰 한 무리의 나무가 이 지역 경작지 가운데 가장 높은 지점을 표시한다. 나무들은 경작지 중에서 네모꼴의 소농지 모서리와 닿아 있다. 소농지는 등고선과는 비스듬하게 자리 잡고 있는데 나무의 어린 잎사귀 사이로 군데군데 맨땅이 분명하게 드러난다. 더 아래 두 번째 경작지는 사다리꼴을 하고 있다. 그곳에서는 수확이 진행 중이다. 땅에 바짝 대어서 자른 나무 둥치는 접시처럼 희고 넓은 원반형 흔적을 남기고 있는데, 그 흔적의 수는 아직 수확하지 않은 잘 익은 바나나 나무의 수와 거의 같다.

이 사다리꼴 농지의 하류 쪽 경계는 시냇물의 작은 다리까지 난 진입로 때문에 더욱 두드러진다. 남자 다섯 명이 지금 거기에 오점형으로 서 있다. 양쪽 끝에 둘씩 그리고 가운데 한 사람이 있다. 가운데 있는 사람은 몸을 웅크리고 상류 쪽으로 몸을 돌린 채, 흙으로 된 둑 사이로 자기를 향해 흘러오는 흙탕물을 바라보고 있다. 둑은 군데군데 무너져 내렸다.

시냇물의 오른쪽 기슭에는 언제나 교체용 목재 두 개가 남아 있다. 목재는 꼭짓점이 벌어진 느슨한 Ｖ자 형태를 이루며 정원과 집으로 오르는 길을 가로막고 놓여 있다.

A…는 방금 막 집으로 돌아왔다. 크리스티안을 방문하고 오는 길이다. 크리스티안은 아이의 건강이 좋지 않아 며칠 전부터 외출하지 못하고 있다. 아이는 그 어머니만큼이나 예민하고 역시 그 어머니만큼이나 식민지 생활에 적응하지 못하고 있다. 프랑크가 현관까지 차로 그녀를 데려다 주었다. A…는 응접실을 지나고 복도를 따라서 테라스와 면한 방에 들어간다.

창문들은 아침나절 내내 활짝 열린 채로 있다. A…가 첫 번째 창문으로 와서는 오른쪽 날개를 닫는다. 그 사이 왼쪽 날개를 잡은 손이 갑자기 동작을 멈춘다. 창문의 반쪽 공간 속에서 얼굴의 옆모습만 보인다. 목을 꼿꼿이 세운 채 귀는 무언가를 듣고 있다.

두 번째 운전사의 낮은 노랫소리가 그녀에게까지 들린다.

남자는 토속적인 가락의 노래를 부른다. 가사가 없는 꽤 긴 소절로 결코 끝나지 않을 것만 같다. 그러나 노래는 갑자기 끝나버린다. 이유를 짐작할 수가 없다. A…는 하던 동작을 마저 해서 창문의 두 번째 날개를 밀어 닫는다.

그녀는 이어서 다른 창문 두 개도 닫는다. 그러나 창문의 블라인드는 하나도 내리지 않는다.

그녀는 화장대 앞에 앉아서 움직이지 않고 타원형 거울을 들여다보고 있다. 양쪽 팔꿈치는 대리석 판 위에 올려놓고 두 손은 얼굴 양쪽 관자놀이께에 대고 있다. 표정은 전혀 변하지 않는다. 긴 속눈썹이 있는 눈꺼풀도 눈동자도 그 가운데 초록색 홍채도 움직임이 없다. 이렇게 그녀는 고정된 자세로 자기 자신을 주의 깊게 조용히 바라보면서 시간 가는 줄을 모르는 듯하다.

그녀는 옆으로 몸을 기울이고 자개가 박힌 빗을 손에 들어 식사 전에 머리를 다시 매만진다. 검고 풍성하게 곱슬거리는 머리카락 일부가 목덜미 뒤로 떨어진다. 아무것도 쥐지 않은 손이 그 안으로 가느다란 손가락을 집어넣는다.

A…는 침대에 누워 있다. 옷을 갖춰 입은 채다. 한쪽 다리가 새틴 천으로 된 이불 위에 얹어 있다. 다른 쪽 다리는 무릎을 굽혀서 침대 가장자리 밖으로 늘어뜨렸다. 이쪽 팔은 베개에 파묻힌 머리를 향해 굽혔다. 상당히 넓은 침대 위로 활짝 뻗은 다른 쪽 팔은 몸과 45도 정도 벌어져 있다. 얼굴은 천장을 바라본다. 두 눈이 희미한 어둠 속에서 더욱 커졌다.

침대 옆 벽 쪽으로 붙어서 서랍장이 있다. A…는 살짝 열린 제일 위 서랍 앞에 서서 몸을 숙이고 그 안에서 무언가를 찾는다. 아니면 안을 정리하는 것일 수도 있다. 작업은 꽤 오랜 시간 이어지지만 몸은 전혀 움직이지 않는다.

그녀는 복도로 향하는 문과 작은 책상 사이에 놓인 안락의자에 앉아 있다. 그녀는 편지 한 장을 다시 읽는다. 편지에는 여덟 겹으로 접혔던 자국이 똑똑히 남아 있다. 긴 두 다리는 꼬고 있다. 오른손이 얼굴 앞 허공에 편지지를 들고 있다. 왼손은 팔걸이의 끝을 꼭 쥐고 있다.

A…는 첫 번째 창문 곁 테이블 앞에 앉아 편지를 쓰는 중이다. 이제 막 편지를 쓰기 시작했을 것이다. 편지 쓰기를 막 끝낸 것이 아니라면 말이다. 펜이 편지지 위로 몇 센티미터 들려 있다. 얼굴은 벽에 걸린 달력 쪽으로 돌린 채다.

첫 번째 창문과 두 번째 창문 사이에는 커다란 장롱이 있다. A…는 장롱에 바짝 붙어 서 있기 때문에 서쪽 박공에 난 세 번째 창문을 통해서만 그 모습을 볼 수 있다. 장롱에는 거울이 달려 있다. A…는 얼굴을 거울 가까이 대고 열심히 들여다본다.

그녀는 이제 좀 더 오른쪽, 방구석에 몸을 감추고 있다. 그곳은 집의 남서쪽 모서리기도 하다. 가운데 복도로 통하는 문과 욕실로 통하는 문, 이 두 개의 문 사이 어디에서나 A…를 쉽게 관찰할 수 있을 것이다. 그러나 문은 나무로 되어 있고 틈새로 안을 볼 수 있는 블라인드도 달려 있지 않다. 세 창문에 달린 블라인드는 지금 어느 것이건 틈새로 안을 들여다볼 수 없는 상태다.

지금 집은 비어 있다.

A…는 프랑크와 함께 시내에 내려갔다. 급한 장을 보기 위해서다. 그게 무엇인지는 자세하게 말하지 않았다.

그들은 아침 일찍 출발했다. 그래야 볼일을 볼 시간을 갖고 당일 저녁에 농장으로 되돌아올 수 있을 것이다.

오전 6시 30분에 집을 떠난 그들은 자정이 좀 지나서 돌아올 계획이다. 그러면 열여덟 시간 동안 떠나 있는 셈인데, 모든 게 잘 돌아간다고 해도 적어도 여덟 시간은 길에서 보낼 것이다.

그러나 길이 험하기 때문에 더 지체할 염려는 항상 있다. 서둘러 저녁을 먹고 예정된 시간에 바로 길에 오른다고 해도 여행자들은 오전 1시경이나 혹은 훨씬 더 늦게야 돌아올 수 있을 것이다.

그동안 집은 비어 있다. 방의 모든 창문은 열려 있다. 방에서부터 복도와 욕실로 난 문 두 개도 마찬가지다. 욕실과 복도 사이를 잇는 문도 활짝 열려 있다. 마찬가지로 복도에서 가운데 테라스로 나가는 문도 열려 있다.

테라스 역시 비어 있다. 오늘 아침에는 휴식을 취할 수 있는 팔걸이의자가 한 개도 나오지 않았다. 차와 아페리티프를 마시는 작은 테이블도 마찬가지다. 그러나 사무실의 열린 창문 밑, 바닥의 타일 위에는 의자 다리의 흔적이 여덟 개 남아 있다. 주변 색보다 밝은 네 개의 반짝이는 점 두 쌍이 두 군데에 걸쳐 정방형으로 배치되어 있다. 오른쪽 정방형의 왼쪽 모서리 점 두 개는 왼쪽 정방형의 오른쪽 모서리 점들로부터 채 10센티미터도 떨어져 있지 않다.

이 반짝이는 점들은 난간에서 봐야 비로소 선명하게 보인다. 가까이 가면 점들은 희미해진다. 바로 위에서는, 즉 그 위에 있는 창문에서 보면 어디에 있는지도 알 수가 없다.

이 방의 가구는 아주 단출하다. 벽 앞에는 서류 정리함과 책장이 있고 의자 두 개와 서랍이 달린 커다란 사무용 책상이 있다. 그 한 귀퉁이에는 자개를 박은 사진틀이 세워져 있는데, 그 속에는 유럽의 해변에서 찍은 사진 한 장이 들어 있다. A…는 커다란 카페의 테라스에 앉아 있다. 그녀의 의자는 그녀가 잔을 내려놓으려 하는 테이블과 비스듬하게 자리 잡고 있다.

테이블은 금속으로 된 둥근 판으로 수많은 구멍이 뚫려 있다. 큰 구멍들은 복잡하고 둥근 꽃 장식을 그리고 있다. 바퀴의 살이 두 번 휘어지듯이 S자형으로 된 많은 선이 둥근 판의 중심에서 출발해 나선을 그리면서 원판의 가장자리까지 흘러간다.

테이블을 떠받치는 다리는 세 겹의 나무줄기로 이루어져 있는데, 거기에서 작은 가지들이 밖으로 뻗어나갔다가 다시 안으로 들어오며 오목한 굴곡을 만든 다음, 줄기의 세 면을 따라 아래로 세 개의 소용돌이무늬를 만들며 내려간다. 제일 아래 나선형으로 땅에 닿는 가지들은 조금 위쪽에서 한 개의 고리에 의해 하나로 연결된다.

의자도 마찬가지로 구멍이 뚫린 판과 금속관으로 만들어졌다. 그러나 앉아 있는 사람이 대부분을 가리고 있으므로 그 소용돌이 장식을 눈으로 더듬기는 어렵다.

사진의 오른쪽 끝, 테이블의 두 번째 유리잔 옆에 남자의 손이 놓여 있다. 그 손은 상의의 소맷부리까지만 보일 뿐 곧바로 사진의 가장자리 흰 여백으로 잘려 있다.

사진에는 단편적으로 의자들도 보이는데 아마 아무도 앉

지 않은 의자의 일부분인 듯하다. 테라스에는 아무도 없다. 집의 다른 공간도 마찬가지다.

식당에는 점심 식사를 위해 단 한 사람분의 식기가 식탁에 준비되어 있다. 부엌문과 찬장을 마주 보는 자리이고, 길고 낮은 찬장은 부엌으로 통하는 문에서 창문까지 길게 놓여 있다.

창문은 닫혀 있다. 뜰은 비었다. 두 번째 운전사가 세차하기 위해 소형 트럭을 창고 곁에 둔 게 틀림없다. 평소 트럭이 있던 자리에는 먼지 가득한 뜰의 다른 땅과 대조적으로 검은 얼룩이 넓게 퍼져 있다. 모터에서 기름이 한 방울씩 늘 같은 자리에 떨어져서 생긴 얼룩이다.

이 얼룩은 창문 유리의 거친 결을 이용하면 쉽게 눈에 보이지 않게 할 수 있다. 조금씩 조금씩 더듬어서 검은 면을 유리의 맹점(盲點)에 끌어오면 된다.

얼룩은 커지기 시작한다. 한쪽이 부풀어 올라 원래의 얼룩보다 크고 둥근 돌기를 이룬다. 그러나 몇 밀리미터 떨어져서 돌기는 동심원을 그리는 일련의 초승달 모양으로 바뀌다가 마침내는 선이 되어버린다. 다른 한편 얼룩의 반대편 가장자리는 수축하면서 마디가 진 돌기 모양만을 남긴다. 그 돌기도 나름대로 잠깐 동안 커지다가 갑자기 없어지고 만다.

유리창 너머 창틀의 기둥과 가로 창살이 만들어내는 모서리 속에는 다만 뜰의 바닥을 덮고 있는 먼지 낀 포석이 베이지와 회색 빛을 띠고 있을 뿐이다.

맞은편 벽에는 지네가 있다. 벽 한가운데 또렷하게 눈에 띤다.

지네는 멈춰 있다. 복도와 연결되는 벽의 주춧돌 모서리로부터 천장 한쪽 구석으로 가는 길 한가운데, 정확히 눈 높이에 맞춰 10센티미터 정도 되는 사선(斜線)이 있다. 벌레는 움직이지 않는다. 다만 더듬이만 번갈아 가며 올렸다 내렸다 한다. 천천히 그러나 멈추지 않고 움직이고 있다.

몸통의 끝 부분에 다리가 매우 잘 발달해 있는 것으로 볼 때, 혼동할 여지 없이 그것이 '거미 지네'라고 불리는 놈임을 알 수 있다. 마지막 뒷다리 한 쌍은 그 길이가 더듬이보다 길다. 그것은 때로는 '순간 지네'라고도 불리는데 물리면 순식간에 독소가 퍼져 죽는다는 토착적 믿음에서 비롯된 것이다. 사실 이런 종류의 지네에는 독이 거의 없다. 있다 하더라도 이 지방에서 흔히 볼 수 있는 지네에 비하면 훨씬 약하다.

갑자기 몸통의 앞부분이 회전하며 움직이기 시작한다. 그러자 진한 선이 아래쪽으로 휘어진다. 그리고 곧바로 도망칠 새도 없이 벌레는 바닥으로 떨어져 몸을 반쯤 비틀고 긴 다리에 경련을 일으킨다. 그러는 동안 입 주위에 턱이 반사적으로 떨면서 무의미하게 재빨리 벌어졌다가 다시 닫힌다.

십 초 후에 그것은 짓이겨진 갈색 덩어리에 지나지 않는다. 그 속에 식별할 수 없는 신체 기관의 부스러기들이 뒤섞여 있다.

반대로 아무 장식 없는 벽 위에는 짓이겨진 지네의 형상이 뚜렷하게 부각된다. 완전한 형체는 아니지만 나무랄 데 없는 해부도판을 충실하게 재현하고 있다. 그 안에는 다음과 같은 기관의 일부분이 나타나 있다. 더듬이가 하나, 꾸부러진 주둥이 턱이 둘, 머리와 제1 몸마디, 그리고 제2 몸마디 반쪽, 커다란 다리 몇 개 등등……

이 단색 흔적은 지워지지 않을 것 같다. 손톱으로 긁어서 벗겨낼 만한 돌출도 없고 말라붙은 두꺼운 딱지도 없다. 그것은 차라리 도료(塗料)에 스며든 갈색 잉크 자국처럼 보인다.

그렇다고 벽을 닦아낸다는 것은 전혀 실용적인 방법이 아니다. 차분하게 칠해진 페인트는 분명히 견뎌내지 못할 것이다. 이 페인트는 먼저 칠했던 아마(亞麻)기름 페인트보다도 훨씬 약하기 때문이다. 따라서 최선의 방법은 고무지우개를 사용하는 것이다. 그것도 타이프라이터용 고무지우개같이 더러워진 표면을 조금씩 벗겨내는, 입자가 미세하고 단단한 지우개라야 한다. 그 지우개는 사무용 책상의 왼쪽 제일 위 서랍에 있다.

다리와 더듬이의 흔적은 고무지우개로 몇 번 문지르자 금방 지워진다. 물음표 모양으로 휘어져 있는 몸의 제일 큰 부분은 이미 색이 바래어 끝으로 갈수록 더욱 희미해지는데, 이것 역시 말끔하게 지워진다. 그러나 머리 부분과 제1 몸마디는 좀 더 힘들여 지워야 한다. 색깔은 곧 지워졌지만 모양은 그대로 남아 있다. 주변만 더 지저분해졌을 뿐이다. 한곳을 계속해서 문질러도 더 이상 별다른 변화가 없다.

추가적인 작업이 필요하다. 안전면도기의 칼날 끝으로

아주 가볍게 긁어내는 것이다. 흰 가루가 벽에서 떨어진다. 조심스럽게 사용하면 더러운 부분만 정확하게 긁어낼 수 있다. 그다음 고무지우개로 다시 문지르면 일은 쉽게 끝난다.

얼룩으로 의심받을 만한 것은 완전히 사라졌다. 그 자리에는 이제 좀 더 밝고 가장자리가 희미한 자국만이 남아 있을 뿐이다. 눈에 띄게 파이지도 않아서 자세히 보더라도 표면에 난 대수롭지 않은 흠집 정도로 여길 것이다.

그렇지만 종이는 얇아졌다. 보다 많이 비치고 표면이 고르지 못하며 보풀이 일어 있다. 마찬가지로 안전면도기의 날을 두 손가락 사이에 끼우고 날의 가운데가 서도록 활처럼 구부려서 긁어내면 지우개가 일으킨 보푸라기를 없앨 수 있다. 마지막으로 손톱 등으로 문지르면 남아 있던 우툴두툴한 부분도 매끈해진다.

환한 햇빛 밑에서 연한 파란색 종이를 보다 자세히 보면 u나 m, 혹은 n 등의 글자를 쓸 때 그은 짧은 세로획 두 개가 분명하게 남아 있다. 틀림없이 너무 꽉 눌러쓴 글씨의 흔적이다. 이 두 개의 무의미한 선을 교묘하게 덮도록 그 위에 새 낱말을 대체할 때까지는 검은 잉크 자국은 언제까지나 눈에 띌 것이다. 또다시 고무지우개를 사용하면 모르겠지만.

고무지우개는 지금 사무용 책상의 진한 갈색 나무 위에서 도드라져 보인다. 마찬가지로 안전면도기도 자개가 박힌 사진틀 발치에서 부각된다. 사진틀 속에 A⋯는 구멍이 많이 뚫린 둥근 테이블 위에 술잔을 놓으려 하고 있다. 고무지우개는 장밋빛의 얇은 원반형으로 가운데 부분에 양철 고리가 끼워져 있다. 안전면도기는 직사각형 날이 반짝거리고 두께가 거의 없다시피 하며, 짧은 면 양쪽은 둥글게 굴려져 있고 구멍 세 개가 줄지어 나 있다. 가운데 구멍은 원형이다. 양쪽 끝에 있는 다른 두 구멍은 면도날 전체의 모양을 아주 축소한 형태로 다시 한번 담고 있다. 즉 직사각형에 양쪽 끝이 둥글게 굴려진 모양이다.

테이블에 내려놓으려고 하는 유리잔을 쳐다보는 대신 A…는—의자는 테이블과 비스듬하게 자리 잡고 있다—몸을 반대쪽으로 돌려 사진사에게 미소 짓고 있다. 마치 이 즉흥적인 사진 촬영을 하도록 사진사를 북돋는 듯하다.

사진사는 모델의 눈높이에 맞추려고 카메라를 내려 들지 않았다. 오히려 어딘가 위에 올라가 있는 듯한 느낌이다. 예를 들어 돌로 된 벤치나 계단 혹은 낮은 담장 같은 곳. 대물렌즈를 보려면 A…는 얼굴을 들어야 할 터이다. 날씬한 목이 오른쪽을 향해 곧추세워져 있다. 오른손은 넓적다리 근처에서 의자 끝에 자연스럽게 기대어 있다. 맨살이 드러난 팔꿈치를 가볍게 굽히고 양 무릎은 벌리고 두 다리는 반쯤 뻗은 자세로 복사뼈 부분에서 교차하고 있다.

매우 가는 허리는 삼중 호크가 달린 폭이 넓은 허리띠로 꽉 죄어져 있다. 왼팔은 길게 뻗어 구멍 뚫린 테이블에서 20센티미터 높이에 유리잔을 들고 있다.

탐스러운 검은 머리칼이 양어깨에 드리워져 있다. 적갈색으로 빛나는 굵은 웨이브는 머리가 전달하는 미동에도 가늘게 흔들린다. 움직임은 그 자체로는 감지할 수 없지만 한쪽 어깨에서 다른 어깨로 전달되는 동안 머리칼에 의해 더욱 증폭되며 빛나는 파문을 일으키고는 이내 사그라지고, 돌연한 그 긴장은 좀 더 아래…… 더 아래에서 예기치 않은 떨림으로 되살아나며…… 마침내 훨씬 더 아래에서 마지막 경련을 일으킨다.

그녀의 자세 때문에 얼굴은 보이지 않지만 작은 책상 위로 고개를 숙이고 있다. 책상 위에는 두 손이 보이지는 않지만 무언가 꼼꼼함을 요하고 시간이 오래 걸리는 일을 하고 있다. 아주 얇은 천으로 된 양말을 깁는 일이거나 손톱을 다듬는 일, 혹은 몽당연필로 그림을 그리거나 아니면 얼룩이나 잘못 쓴 단어를 지우개로 지우는 따위의 일. 이따금 그녀는 상반신을 세우고 자기가 한 일이 잘되었는지 보기 위해서 몸을 뒤로 뺀다. 느린 동작으로, 고개를 너무 움직이는 바람에 비어져 나온 거추장스러운 짧은 머리 타래를 뒤로 넘긴다.

그러나 말을 듣지 않는 머리 타래는 어깨의 살로 팽팽해진 하얀 실크 천 위에 그대로 머물러 있다. 거기서부터 머리칼은 물결 모양의 선을 그리다가 후크 때문에 끊긴다. 흔들리는 머리 타래 아래에 매우 가는 허리 부분을 등을 따라 난 드레스의 좁은 금속 지퍼가 수직으로 분할한다.

A…는 테라스에 서 있다. 지붕의 남서쪽 모서리를 받치고 있는 정방형 기둥 근처, 집의 한쪽 모퉁이다. 그녀는 두 손으로 난간을 짚고 얼굴을 정원과 골짜기 전체가 내려다보이는 남쪽으로 향하고 있다.

그녀는 햇빛을 가득 받고 있다. 광선이 이마를 바로 내리쬔다. 그녀는 한낮인데도 햇빛을 두려워하지 않는다. 그녀의 그림자는 짧게 줄어들어 바닥의 포석에 수직으로 투사되고 있는데, 그 폭은 타일 한 개를 넘지 않는다. 2센티미터쯤 뒤에 난간과 평행하게 지붕의 그림자가 시작된다. 태양은 거의 하늘 한가운데에 이르렀다.

두 팔은 골반으로부터 똑같은 거리를 두고 양쪽으로 벌려서 뻗고 있다. 두 손은 같은 모양으로 난간의 나무 손잡이를 짚고 있다. 양쪽 구두의 높은 굽에 몸무게를 정확히 반씩 실었기 때문에 그녀의 몸은 완벽한 균형을 이루고 있다.

A…는 응접실 겸 식당의 닫힌 창문 가운데 하나에 기대어 서 있다. 큰길에서 내려오는 도로와 마주 보는 면이다. 창을 통해 그녀는 맞은편에 먼지가 인 안뜰 너머 도로의 입구 쪽을 바라본다. 안뜰에는 집의 그림자가 폭이 3미터 정도 되는 띠를 이루며 드리워져 있다. 뜰의 나머지 부분은 햇빛 때문에 흰 면을 이룬다.

큰 홀은 그에 비하면 어두운 편이다. 드레스는 심연의 차갑고 푸른빛으로 물든다. A…는 움직임이 없다. 그녀는 계속해서 자기 정면에 있는 안뜰과 바나나 나무들 가운데로 난 도로의 입구를 바라본다.

A…는 욕실에 있다. 그녀는 욕실 문을 복도 쪽으로 살짝 열어놓았다. 그녀는 몸단장을 하고 있는 것이 아니다. 하얗게 래커 칠을 한 테이블에 기대어 가슴 높이로 나 있는 정방형 창문 앞에 서 있다. 활짝 열린 창문 너머 테라스에 세로 살로 이루어진 난간과 정원을 지나, 그녀의 시선이 닿을 수 있는 곳은 오직 바나나 나무들의 무성한 잎사귀와

더 멀리는 평원 쪽으로 내려가는 도로 위로 튀어나온 고원의 바위 돌기뿐이다. 그 뒤로 방금 해가 졌다.

이윽고 밤이 황혼이 없는 이 지역을 뒤덮는다. 래커 칠을 한 테이블은 이내 좀 더 진한 푸른색으로 변한다. 드레스와 하얀 바닥과 욕조의 옆면도 마찬가지다. 욕실 전체가 어둠에 잠겨 있다.

오직 창문의 정사각형만이 보다 밝은 보랏빛 얼룩을 만들어낸다. 그 위로 A…의 검은 실루엣이 부각된다. 양쪽 어깨선과 두 팔, 머리 타래의 윤곽. 이런 조명 밑에선 그녀의 얼굴이 정면을 향하고 있는지 아니면 뒤를 바라보고 있는지 알 수가 없다.

온 사무실이 어두워진다. 해가 진 것이다. A…는 이미 완전히 지워져 버렸다. 사진의 존재는 오직 잔광(殘光)에 반짝이는 사진틀의 자개에 의해서만 알 수 있을 뿐이다. 그 앞에는 면도칼이 그려내는 평행 사변형과 고무지우개 가운데에 달린 타원형 금속이 반짝이고 있다. 그러나 그 빛은 오래가지 않는다. 이제 눈은 창문이 활짝 열려 있는데도 더 이상 아무것도 분간하지 못한다.

다섯 명의 일꾼은 여전히 그 자리에 그대로 있다. 골짜기의 안쪽에 있는 작은 다리 위에 오점형으로 웅크리고 앉아 있는 것이다. 흐르는 시냇물이 지는 해의 마지막 빛을 받아 반짝거린다. 그다음엔 아무것도 없다.

테라스 위의 A…는 곧 책을 덮을 것이다. 그녀는 글자가 보이지 않을 정도로 날이 어두워질 때까지 계속 책을 읽곤 했다. 그녀는 고개를 들고 낮은 테이블 위 손이 닿는 곳에 책을 놓는다. 그러고는 움직이지 않고 그대로 있다. 맨살이 드러나는 두 팔은 의자 팔걸이에 얹고 상체는 등받이에 기대어 젖히고, 두 눈을 크게 뜬 채 정면의 허공과 보이지 않는 바나나 나무들, 마찬가지로 어둠이 삼켜버린 난간을 응시한다.

귀가 따갑도록 울어대는 귀뚜라미 소리가 이미 사방을 가득 채웠다. 그 소리는 마치 예전부터 멈추지 않고 줄곧 들렸던 듯하다. 커지지도 않고 변화도 없이 계속 이어지는 울음소리는 그 시작을 알 수 없기에 몇 분 전부터, 아니 어쩌면 몇 시간 전부터 이미 최고조에 달해 있는 것 같다.

지금 사위는 완전히 어둠에 잠겼다. 눈이 어둠에 익숙해질 만한 시간이 지났지만 어떤 사물도 어둠 속에 떠오르지 않는다. 가장 가까운 곳에서조차 아무것도 보이지 않는다.

그러나 지금은 다시 집 모퉁이에 있는 난간의 세로 살들, 더 정확하게는 살들의 반쪽과 그 위에 놓인 나무 손잡이가 나타난다. 그 밑바닥의 타일도 조금씩 보인다. 벽의 모서리는 곧은 수직선을 드러낸다. 생생한 한줄기 빛이 뒤쪽에서부터 흘러나오고 있다.

램프에 불이 켜진 것이다. 커다란 석유램프가 걸고 있는 두 다리의 맨살이 드러난 무릎과 장딴지를 비추고 있다. 보이가 긴 팔 끝에 램프의 손잡이를 잡고 다가오고 있는 것이다. 그림자가 사방으로 춤춘다.

보이가 작은 테이블에 채 이르기도 전에 A…의 또렷하고 절도 있는 목소리가 들린다. 그녀는 창문을 잘 닫은 다음 램프를 식당에 두라고 지시한다. 매일 저녁 그랬듯이 말이다.

"여기로 램프를 가져와선 안 된다는 걸 잘 알잖아. 불이 있으면 모기가 꼬인단 말이야."

보이는 아무 말도 하지 않고 단 한순간도 지체하지 않는다. 규칙적인 걸음걸이도 전혀 흐트러짐이 없다. 문 앞에 이르자 복도 쪽으로 4분의 1 정도 몸을 돌리고는 그 속으로 모습을 감추었다. 그 뒤로 희미한 한줄기 빛이 남는다. 문틀, 테라스 바닥의 사각 타일, 반대쪽 끝에 있는 여섯 개의 난간 살이 보이다가 그다음엔 아무것도 없다.

A…는 보이에게 지시를 내리기 위해 고개를 돌리지 않는다. 그녀의 얼굴은 램프의 광선을 오른쪽으로 받고 있다. 강한 조명을 받은 옆얼굴은 빛이 없어져도 망막에 남는다. 칠흑 같은 밤, 가장 가까이 있는 사물조차 보이지 않는 어둠 속에서, 빛의 잔상은 마음대로 이동하며 그 위세가 약해지지 않는다. 이마와 코와 턱과 입술의 윤곽이 도드라진다…….

잔상은 집의 벽 위에, 바닥의 포석 위에, 또한 허공에 있다. 잔상은 정원에서 시냇물에 이르기까지, 그리고 맞은편 산비탈까지 골짜기 곳곳에 있다. 잔상은 또한 사무실, 방, 식당, 응접실, 안뜰, 그리고 큰길 쪽으로 이어지는 도로 위에도 있다.

그러나 A…는 한 치도 움직이지 않는다. 말을 하기 위해 입을 벌리지도 않았다. 그녀의 목소리는 한밤의 소란스러운 귀뚜라미 울음소리를 흩뜨리지 않았다. 보이는 테라스에 나타나지 않았다. 따라서 램프를 가져오지도 않았다.

보이는 주인마님이 원하지 않는다는 것을 잘 알고 있었다.

보이는 램프를 방으로 가져갔다. 방에선 주인마님이 지금 떠날 채비를 하고 있다.

램프는 화장대 위에 놓였다. A…는 화장을 자연스럽게 마무리하고 있는 중이다. 입술에 바른 립스틱은 그저 자연스러운 색을 돋보이도록 하는 정도지만 너무나도 강한 불빛 아래에서는 훨씬 검게 보인다.

아직 날이 밝지 않았다.

곧 프랑크가 와서 A…를 태우고 항구까지 갈 것이다. 그녀는 타원형의 거울 앞에 앉아 있다. 거울 속에는 한쪽으로 빛을 받은 얼굴이 정면에 떠오르고, 조금 떨어진 곳에 그녀의 옆얼굴이 겹쳐 있다.

A…는 거울을 향해 앞으로 몸을 굽힌다. 얼굴 두 개가 서로 접근한다. 그 사이는 채 30센티미터도 안 된다. 그러나 두 얼굴은 각각의 형태와 포즈를 유지하고 있다. 옆얼굴과 정면을 보는 얼굴이 서로 평행을 이룬다.

오른손과 거울 속의 손은 입술과 그것이 거울에 비친 반영물 위에 좀 더 생기 있고 좀 더 단정하고 약간은 진한 듯하게 정확한 입술의 형상을 그린다.

복도 문을 가볍게 두 번 두드리는 소리가 들린다.

입과 거울 속의 입이 깜짝 놀라, 완벽하게 동시에 움직인다.

"무슨 일이지?"

그 목소리는 마치 병실에서 내는 말소리처럼, 혹은 도둑이 공모자에게 말하는 소리처럼 숨죽인 듯 조심스럽다.

"그분이 오셨습니다." 문 저쪽에서 보이의 목소리가 대답한다.

그러나 어떤 모터 소리도 침묵을 깨뜨린 일이 없었다. (침묵이라기보다는 석유의 압력으로 램프가 지속적으로 바람을 내뿜는 규칙적인 소리가 들리고 있었다.)

A…가 말한다. "내가 가지."

그녀는 서두르지 않고 침착한 동작으로 턱 위의 아랫입술 선을 마무리한다.

그녀는 일어나서 커다란 침대를 돌아 방을 가로질러, 서랍장 위에 있는 손가방과 챙이 아주 넓고 세련된 흰색 밀짚모자를 집어 든다. 소리를 내지 않고 문을 연 다음(의식적으로 주의하지 않았을지라도) 밖으로 나가서 뒤로 문을 닫는다.

발소리가 복도를 따라 멀어진다.

현관문이 열렸다가 닫힌다.

6시 30분이다.

온 집 안이 텅 비어 있다. 아침부터 비어 있는 것이다.

지금은 6시 30분이다. 태양은 고원의 제일 끝에 솟은 바위 뒤로 사라졌다.

어두운 밤이다. 모든 것이 멈춰버린 듯하고 서늘한 기운은 느껴볼 수조차 없다. 천지 가득 귀가 따갑게 울어대는 귀뚜라미 소리가 언제나 존재해 왔던 듯한 느낌마저 든다.

A…는 저녁 식사 때 돌아오지 않을 것이다. 길을 떠나기

전에 프랑크와 함께 시내에서 저녁을 먹을 테니까. 그녀는 자기가 돌아왔을 때를 위해 준비해 두어야 할 것에 대해서는 아무런 말도 하지 않았다. 그녀는 아무것도 필요 없을 것이다. 그녀를 기다리는 것은 소용없는 일이다. 저녁 식사 때 그녀를 기다리는 것은, 어쨌든 소용없는 일이다.

식당의 식탁 위에 보이는 한 사람분의 식기를 놓아두었다. 길고 낮은 찬장과 마주 보는 자리다. 찬장은 열린 부엌문과 안뜰로 난 닫힌 창문 사이의 벽을 거의 가득 채우고 있다. 내리지 않은 커튼 사이로 창문의 어두운 유리판 여섯 개가 보인다.

램프 한 개만이 커다란 실내를 밝히고 있다. 램프는 식탁의 남서쪽(다시 말해 부엌 쪽) 모서리 위에 놓여 새하얀 식탁보를 비춘다. 램프 오른쪽에는 작은 소스 얼룩이 프랑크의 자리를 표시하고 있다. 길고 구불구불하며 가장자리가 희미한 얼룩이다. 반대편에는 광선이 바로 가까이 있는 빈 벽을 수직으로 때리며 프랑크가 짓이겨 죽인 지네의 형상을 분명하게 부각시킨다.

지네의 다리가 비슷한 길이의 관절 네 개로 이루어져 있다면, 차분한 페인트칠 위에 그려져 있는 이 지네의 다리 가운데 원래 그대로의 것은 하나도 없다. ─다만 왼쪽 첫 번째 다리 정도를 제외한다면 말이다. 그 다리도 거의 일직선으로 쫙 펴져서 관절의 위치를 정확하게 찾아내기란 쉽지 않다. 원래의 다리는 분명 훨씬 더 길었을 것이다. 마찬가지로 더듬이도 벽 위에 그 끝머리까지 자국을 남기지 못한 것이 틀림없다.

흰 접시 위에 게 한 마리가 다섯 쌍의 다리를 벌리고 있다. 그 관절은 분명하고 단단하며, 규칙적이고 정확하게 끼워 맞추어져 있다. 입 주위로 좀 더 크기가 작은 무수한 부속 기관이 나름대로 쌍을 이루고 있다. 게는 그 기관을 이용해 슉슉 하는 소리를 낸다. 바싹 다가가야 들을 수 있는 소리로, 어떻게 보면 지네가 내는 소리와 흡사하다.

그러나 램프 소리 때문에 다른 소리를 들을 수가 없다. 램프는 계속해서 바람 빠지는 소리를 낸다. 귀가 의식적으로 다른 소리를 들으려고 할 때만 램프가 소리를 내고 있다는 것을 깨닫게 된다.

테라스에는 보이가 작은 테이블과 낮은 팔걸이의자 하나를 내다 놨다. 램프 소리는 짐승의 울음소리가 끼어들 때마다 잦아들곤 한다.

귀뚜라미 소리는 오래전에 그쳤다. 밤은 이미 꽤 깊어 별도 달도 없다. 바람 한줄기 불지 않는다. 여느 때처럼 칠흑같이 어둡고 적막하고 무더운 밤이다. 오직 여기저기서 들리는 야행성 육식 동물의 가냘픈 울음소리와 붕붕거리는 풍뎅이 소리, 박쥐의 날개 부딪는 소리에 침묵이 깨지곤 한다.

그러고는 다시 적막이 깃든다. 그러다가 보다 희미한 소리, 마치 부르릉거리는 듯한 소리에 귀를 세워본다……. 그 소리는 곧 끊겼다. 그리고 다시 램프의 바람 빠지는 소리가 주위를 덮는다.

더욱이 그 소리는 자동차 모터가 떨리는 소리와 비슷하다. A…는 아직도 돌아오지 않았다. 그들은 예정보다 조금 늦는다. 나쁜 도로 사정을 생각하면 당연한 일이다.

램프가 모기를 끌어들이는 것은 사실이다. 그러나 모기는 램프가 내뿜는 불빛에 덤비기 때문에 램프를 조금 떨어뜨려 놓기만 하면 모기나 다른 벌레에 시달리는 일은 없다.

벌레들은 석유램프의 단조로운 소리와 더불어 램프 주위를 원통형으로 분주하게 날고 있다. 크기가 너무 작고 상대적으로 멀리 떨어져 있는 데다가 속력도 너무 빨라서——광원 가까이 갈수록 점점 빨라진다——벌레들의 몸체와 날개의 생김새를 알아볼 수가 없다. 벌레 무리의 다양한 종을 구분하는 것도 불가능하다. 하물며 그 종류의 이름을 대는 것은 더더욱 불가능하다. 벌레들은 그저 단순히 움직이는 미립자들로, 수평면에 평행하거나 혹은 약간 기울어진 타원을 그리며 램프의 기다란 유리관을 다양한 높이에서 자른다.

그러나 회전하는 궤도의 중심이 램프인 경우는 거의 없다. 거의 모든 궤도들이 오른쪽이나 왼쪽, 한쪽으로 쏠려 있다. 때로는 그 폭이 너무나 커서 돌고 있는 입자가 어둠 속으로 사라진다. 입자는 곧 다시 등장하고——때로는 다른 것이 그것을 대신하고——궤도를 좁혀서, 같은 곤충 무리와 함께 1미터 50센티미터 정도 되는 강한 빛의 공통 지대를 형성하며 회전한다.

순간순간 몇몇 타원은 램프 갓의 둥근 부분 양쪽에서(그 앞뒤에서) 유리에 거의 닿을 만큼 줄어든다. 타원이 양 방향에서 점점 좁아질수록 속력은 점점 빨라진다. 그러나 가속된 이 리듬을 오래 유지하지는 못한다. 운동의 생성자가 별안간 중력을 받아 아래로 떨어지기 때문이다.

더군다나 폭이나 형태, 혹은 중심에서 다소 벗어나는 방위 등을 볼 때, 벌레 무리 안에서도 끊임없는 변화가 일어나고 있다. 따라서 그 궤도를 추적하기 위해서는 각각의 벌레를 구분할 수 있어야 한다. 그러나 그것이 불가능하기 때문에 개별 벌레의 지엽적인 경련이나 왕복 운동, 혹은 교대 등의 내용을 무시한, 무리 전체에 대한 일종의 불변하는 성질이 성립된다.

날카롭고 짧은 짐승의 울음소리가 아주 가까이에서 들려온다. 테라스 바로 아래 정원으로부터 나오는 듯하다. 그러고 나서 약 삼 초 후 똑같은 울음소리가 집의 다른 쪽에서 들려온다. 다시 침묵. 아니 침묵이라기보다는 동일한 울음소리가 계속해서 이어지는 것에 가깝다. 울음소리는 무성한 바나나 잎사귀와 시냇물 근처, 맞은편 산비탈을 지나 골짜기의 한쪽 끝에서 다른 쪽 끝으로 넘어가면서 점점 희미하게 멀어진다.

지금 좀 더 둔하고 좀처럼 사라지지 않는 소리가 주의를 끈다. 일종의 부르릉거리는 소리, 코 고는 소리, 혹은 그릉그릉대는 소리다.

그러나 정체를 충분히 밝히기도 전에 소리는 잦아든다. 소리를 찾느라 헛수고만 한 귀는 대신 어둠 속에서 석유램프의 바람 빠지는 소리를 감지할 뿐이다.

소리는 신음하는 듯한 약간 높은 비음(鼻音)이다. 그러다 높이 올라가면 복잡한 화성을 이루기도 한다. 참으로 끈질기게, 숨 가쁜 듯한 혹은 찌르는 듯한 소리가 사방의 어둠과 머릿속을 가득 채운다. 소리는 마치 그 어느 곳에서도 비롯되지 않는 듯하다.

램프 주위로 곤충들의 윤무(輪舞)는 언제나 똑같다. 그러나 자세히 관찰하면 다른 놈보다 조금 큰 입자들을 구별할 수 있다. 하지만 어떤 종류인지 알 수 있을 만큼은 아니다. 그것들 역시 검은 배경으로 떠오르는 밝은 반점에 지나지 않는다. 반점은 불빛에 다가가면서 더욱 빛을 발하다가 램프 갓 앞을 통과할 때는 역광을 받아 갑자기 검은색으로 변한다. 그리고 다시 빛을 되찾는데 궤도의 바깥쪽으로 가면서 빛의 세기가 점점 약해진다.

반점은 갑자기 다시 유리 쪽으로 돌아와 거칠게 유리와 부딪히며 마른 충돌음을 낸다. 테이블 위에 떨어지자 그것은 날개를 접고, 작고 불그스름한 딱정벌레 같은 모양이되어 진한 나무 판 위를 천천히 원을 그리며 돌아다닌다.

다른 벌레들도 진작에 이놈과 마찬가지로 테이블 위에 떨어졌다. 벌레들은 테이블 위에서 이리저리 방향을 바꾸며 어지럽게 헤맨다. 그러다 한 마리가 갑자기 날개를 ∨자형으로 들어 올리더니, 날아올라서 단번에 무리 지어 있는 입자들 속으로 되돌아간다.

그러나 그놈은 거기서 가장 둔하고 느린 구성 입자가 된다. 따라서 가장 쉽게 눈으로 쫓을 수 있다. 그놈이 그리는 나선은 틀림없이 가장 불규칙한 것 가운데 하나일 것이다. 공중회전, 구불구불한 꼬임, 돌연한 낙하에 이은 상승, 굴절, 되돌아오기 등으로 이루어진 나선.

보다 둔한 소리가 지금, 이미 몇 초 전, 아니 몇 분 전부터 계속되고 있다. 일종의 부르릉거리는 소리, 코 고는 소리, 혹은 모터가 그릉그릉대는 소리다. 큰길을 따라 고원을 오르는 자동차의 모터가 내는 소리 말이다. 순간 소리는 사라진다. 그러다 다음 순간 더 커진다. 이번에야말로 도로를 달리는 자동차 소리다.

소리는 점점 커진다. 골짜기 전체에 자동차의 규칙적이고 단조로우며 낮에보다 훨씬 멀리까지 도달하는 진동 소리가 울려 퍼진다. 소리의 크기는 단순한 세단이 내는 것을 훨씬 웃돈다.

소리는 지금 플랜테이션 농장으로 통하는 길의 교차로 가까이에 이르렀다. 그러나 소리는 속도를 늦추어 오른쪽으로 커브를 도는 대신 계속해서 앞으로 나아간다. 지금 귀에 들리는 것은 집의 동쪽 박공을 돌아 나가는 소리다. 자동차가 교차로를 그냥 지나쳐버린 것이다.

고원을 가로막고 솟은 바위 바로 밑에 있는 큰길의 평탄한 부분에 도달하자 트럭은 속력을 늦춰 보다 약한 엔진 소리를 내면서 계속 달린다. 이어서 소리는 트럭이 동쪽으로 멀어져 가면서 점차 작아진다. 강한 헤드라이트가 미개간지에 점재하는 곧은 잎이 달린 무성한 나무숲과, 거기에 잇닿은 프랑크의 불하지 쪽을 비춘다.

프랑크의 자동차는 또 고장이 난 모양이다. 두 사람은 벌써 오래전에 돌아왔어야 한다.

석유램프 주위에는 타원형을 이룬 벌레의 무리가 계속해서 돌고 있다. 그것은 길게 늘어졌다 오그라들고 오른쪽 혹은 왼쪽으로 퍼지기도 하고 올라갔다가 내려가기도 하며 이쪽에서 부딪치는가 싶으면 반대편에서 부딪치고, 점점 실타래처럼 뒤엉켜서 마침내는 분명한 타원의 곡선을 전혀 찾아볼 수 없게 된다.

A⋯는 오래전에 돌아왔어야 한다.

그렇지만 늦을 만한 이유가 없는 것은 아니다. 교통사고 때문이 아니더라도──그 가정을 결코 배제할 수는 없지만──만약에 타이어가 두 번 연속해서 펑크가 났다면 운전사는 직접 타이어 수리에 나서지 않으면 안 될 것이다. 타이어를 빼서 겉을 떼어낸 다음 헤드라이트 불빛으로 구멍을 찾는 따위의 일을 해야 할 것이다⋯⋯. 혹은 차체의 진동이 너무 심해서 어딘가 전기 배선이 끊어졌을 수도 있다. 가령 헤드라이트의 배선이 끊기게 되면 오랫동안 살펴보아야 할 것이고 회중전등의 희미한 불 밑에서 임시변통으로 선을 이어야 할 것이다. 길 상태가 상당히 나쁜데 차가 너무 속력을 내어 달린다면 차의 중요한 부분이 손상될 수도 있다. 제동 장치가 부서지거나 구동축이 고장 나거나 변속기 박스가 깨진다거나⋯⋯. 또, 다른 차의 운전사가 곤란에 빠져서 어쩔 수 없이 도와주어야 하는 경우도 있다. 그 밖에도, 출발 자체를 지연시키는 여러 가지 우발적인 사건이 있을 수 있다. 뜻하지 않게 어떤 일에 시간이 오래 걸린다든가, 레스토랑에서 주문한 음식이 너무 늦게 나온다든가, 떠나려는 순간에 우연히 만난 친구 집에 저녁 초대를 받는다든가 등등⋯⋯. 또 마지막으로 운전사 자신이 너무 피로해서 출발을 다음 날로 미루었을 수도 있다.

트럭 한 대가 골짜기의 이쪽 산비탈을 오르는 소리가 다시 대기에 가득 퍼진다. 소리는 서쪽에서 동쪽으로, 귀로 들을 수 있는 영역의 한쪽 끝에서 다른 쪽 끝으로 이동하며 집 뒤를 통과할 때 최고점에 달한다. 트럭은 먼젓번 트럭만큼 빠르게 달린다. 그래서 자칫하면 자가용이라고 착각할 수도 있다. 그러나 소리는 먼저보다 훨씬 크다. 분명히 트럭에는 짐이 실려 있지 않을 것이다. 트럭은 바나나 수송차로, '캅 생 장'호가 정박하고 있는 부두의 창고에 수확한 바나나 송이들을 내려놓고 난 다음 항구에서부터 빈 차로 올라오는 중일 것이다.

방 안의 벽에 걸린 달력에 있는 사진도 그 배다. 흰색 선박이 완전히 새것인 선체를 자랑하며 선창에 정박해 있다. 선창은 바다 쪽으로 뾰족하게 뻗어 있다. 선창의 구조는 잘 알 수가 없다. 아마도 타르를 입힌 바닥을 목재 기둥이 떠받치는 형태이리라. 선창의 높이가 거의 수면과 맞닿아 있는 반면 배의 옆구리는 선창보다 훨씬 높다. 배는 정면을 향해 뱃머리와 매끈한 양쪽 외벽이 만드는 수직선을 자랑하고 있다. 양쪽 외벽 가운데 한쪽에만 조명이 비춘다.

배와 선창은 사진의 중심을 차지하고 있는데, 배는 왼쪽에 선창은 오른쪽에 있다. 그 주위로 작은 목선들이 바다 위에 흩어져 있다. 분명하게 보이는 것은 여덟 척이고 세 척은 그 뒤쪽에서 희미하게만 보인다. 좀 더 튼튼해 보이는 배 한 척이 바람에 잔뜩 부푼 네모난 돛을 달고 부두 끝머리를 벗어나려는 중이다. 부두에는 색색의 옷을 입은 군중이 배 앞에 쌓아둔 화물 옆에서 웅성거리고 있다.

조금 떨어져서 사진 앞부분에는 이런 웅성거림과 그 원인이 된 커다랗고 흰 배를 등지고, 유럽풍으로 옷을 입은 한 남자가 사진 오른쪽에 있는 부유물을 쳐다본다. 그것은 정체를 알 수 없는 덩어리로 남자로부터 몇 미터 떨어진 물결 위에 떠 있다. 수면 위로는 짧고 규칙적인 잔물결이 남자 쪽으로 밀려온다. 부유물은 파도에 반쯤 밀려 올라와 있는데, 낡은 옷이거나 아니면 빈 자루 같아 보인다.

작은 목선들 가운데서 가장 큰 것은 남자 바로 곁에 있는데 다시 멀어진다. 그 배를 젓는 두 명의 원주민은 작은 물결이 배의 몸체에 와 부딪히는 충격 때문에 몸이 온통 앞으로 쏠려 있다. 선체는 파도의 거품 위로 쑥 올라와 있다. 물결의 거품은 사진을 찍는 순간 허공에 고정된다.

선창 왼쪽의 바다는 훨씬 잔잔하다. 바다는 좀 더 강렬한 초록색이다. 선창과 배를 연결하는 다리 사이에는 기름 찌꺼기가 청록색 반점으로 떠 있다. '캅 생 장' 호가 지금 막 닿은 곳은 선창의 이쪽 가장자리다. 사진에 있는 사람들 모두의 관심이 이 배에 집중되고 있다. 배가 정박하고 있는 모양새 때문에 배의 상부 구조는 잘 볼 수가 없다. 다만 배의 머리 부분, 연결 다리, 굴뚝 윗부분, 첫 번째 마스트의 비스듬한 팔과 도르래, 케이블, 로프 등은 잘 보인다.

마스트 꼭대기에 새 한 마리가 앉아 있다. 그 새는 바닷새가 아니라 목 부분에 털이 빠진 독수리다. 또 한 마리의 새는 독수리의 오른쪽 위 창공을 날고 있다. 양쪽 날개를 활짝 펼치고 몸 전체를 마스트 위쪽으로 기울이고 있다. 새는 지금 선회하는 중이다. 그 위로는 폭이 3밀리미터 정도로 좁은 가로 여백이 있고 그다음엔 빨간 테두리 끈 절반이 보인다.

달력은 ∧ 모양의 빨간 끈에 매달려 압정으로 고정되어 있다. 나무 벽은 밝은 회색으로 칠해져 있다. 그 위에는 다른 압정들을 박았던 자리도 있다. 왼쪽에 좀 더 눈에 잘 띄는 구멍 하나가 보이는데 예전에 갈고리못이나 대못을 박았던 자리일 것이다.

이런 구멍들을 제외하면 방 안의 페인트칠은 괜찮은 상태다. 방의 네 벽은 집 안의 다른 곳과 마찬가지로 폭이 10센티미터 정도 되는 세로 나무판자들이 덧대어 있고 그 사이사이에 두 줄짜리 홈이 파여 있다. 홈은 꽤 깊게 나 있어서 석유램프의 생생한 조명 아래서 선명하게 그늘진 선을 만들어낸다.

이런 선은 정사각형 방의 네 벽에 똑같은 양상으로 반복된다. 방은 정사각형이라기보다 차라리 정육면체라고 해야 할 것이다. 방의 천장 높이가 가로, 세로 폭과 같기 때문이다. 더욱이 천장 역시 나무판자가 덧대어 있다. 마룻바닥을 보면 그것도 역시 같은 배치를 보인다. 이 사실은 천장의 홈들과 평행하게 바닥에 난, 깨끗하고 선명한 홈들을 보면 분명히 알 수 있다. 너무 잦은 청소로 나무판자의 모서리는 색이 바래고 홈은 더욱 깊게 파였다.

이렇게 되면 정육면체의 여섯 개의 내면은 크기가 균일한 얇은 띠로 동일하게 분할된다. 수직으로 된 네 면은 수직으로 그리고 수평으로 된 두 면은 서에서 동으로, 얇은 띠가 벽을 가르고 있다. 쭉 뻗은 손끝에서 램프가 조금 흔들리기라도 하면, 움직이는 그림자의 짧은 선들은 일제히 회전하며 살아 있는 듯이 마구 움직인다.

바깥쪽을 본다면, 집의 외벽에는 반대로 나무 널들이 수평으로 덧대어 있다. 나무 널은 폭이 조금 넓고——약 20센티미터——끝이 서로 포개져 있다. 따라서 외벽은 한 겹이 아니라 나무 널들이 한 장 두께만큼 간격을 두고 원래의 벽과 일정한 경사를 이루며 평행하게 겹쳐진 형태다.

창문에는 몰딩이 되어 있고 위에는 매우 납작한 삼각형의 합각머리가 솟아 있다. 장식을 이루는 나무판자들은 비늘 모양으로 포개진 나무 널 위에 못 박혀 있다. 그 결과 나무판자와 나무 널은 그 안쪽 가장자리만 맞닿으면서 일련의 비죽비죽한 모서리들의 연속선을 그려낸다. 그 사이로 밝은 빛이 충분히 들어온다.

합각머리의 바닥과 창문 테두리의 바닥, 이 두 개의 수평 몰딩만 전면이 붙어 있다. 창문 구석에서 한줄기 칙칙한 액체가 흘러나와 나무 널을 하나하나 넘어 흐를 때마다 굴절하고, 이어서 콘크리트의 제일 밑 부분을 지나 차츰 가늘게 늘어지다가 마침내는 한 오라기 실에 지나지 않게 된다. 테라스의 포석 중앙에 이르러서는 작고 둥근 얼룩으로 끝난다.

그 주위에 있는 타일은 더러운 곳 하나 없이 깨끗하다. 자주 닦기 때문이다. 오후에도 닦았다. 아주 고운 흙을 구워 만든 타일은 차분한 회색빛이 돌고 만지면 표면이 부드럽다. 타일은 꽤 큰 정사각형이다. 둥근 얼룩이 있는 데서부터 벽을 따라 세어보면 복도 입구의 디딤돌까지 다섯 개반의 타일이 깔려 있을 뿐이다.

문 역시 나무로 몰딩이 되어 있고 위에는 납작한 삼각형의 합각머리가 솟아 있다. 문턱을 넘으면 새로운 타일 바닥이 시작되는데 타일의 크기는 훨씬 작다. 가로세로가 먼저 것의 반 정도로 줄어드는데, 오히려 흔히 쓰이는 사이즈다. 복도의 타일은 테라스에 깔린 것처럼 매끈매끈하지 않고 대각선 방향으로 난 깊지 않은 홈에 의해 그림자 선이 만들어져 있다. 그림자의 파인 부분은 양옆과 같은 폭, 즉 몇 밀리미터 정도다. 그 배치는 타일이 번갈아 이어지며 ∧ 형상이 연속되는 모양을 그리고 있다. 그 희미한 입체감은 대낮에도 잘 구별할 수 없는데 인공적인 조명에는 뚜렷이 부각된다. 특히 램프를 조금 내려 가까이 비춰 보면 잘 보이고 지면에 대다시피 들고 보면 더욱 뚜렷하게 보인다.

가볍게 흔들리는 불빛이 복도를 따라 앞으로 가면서 연속되는 ∧ 무늬 위에 어른거리며 파도처럼 물결친다.

동일한 타일 바닥이 끊어지지 않고 식당 겸 응접실까지 이어진다. 식탁과 의자가 놓인 부분은 섬유 소재의 카펫이 깔려 있다. 식탁과 의자 다리의 그림자는 그 지점에서 갑자기 시계 반대 방향으로 회전한다.

식탁 뒤 기다란 찬장 중앙에는 토산품 질항아리가 더욱 불룩하게 보인다. 유약을 칠하지 않고 구운 적토(赤土) 항아리의 둥글고 불룩한 배 부분은 벽에 짙은 그림자를 던지고 있다. 그 그림자는 광원에 다가갈수록 커진다. 그림자는 진한 원반 위에 이등변 사다리꼴(긴 변이 위에 있는)이

얹히고, 둥글게 휘어진 가느다란 곡선이 아래쪽 원반의 둥근 옆구리와 위쪽 사다리꼴의 윗변 꼭짓점을 연결하고 있는 형태다.

부엌문은 닫혀 있다. 그 문과 복도 쪽으로 활짝 열린 입구 사이에 지네가 있다. 커다란 놈으로 이 지방에서 볼 수 있는 것 중에 가장 큰 축에 든다. 더듬이를 뻗치고 거대한 다리를 쫙 펴면 보통 크기의 접시 표면을 거의 가릴 정도로 크다. 여러 가지 부속 기관의 그림자가 희미한 페인트 칠 위에 안 그래도 많은 다리 등속의 수를 두 배로 늘어나 보이게 한다.

몸체는 아래쪽을 향해 있다. 몸의 앞부분은 주춧돌 쪽으로 휘어져 있고 뒤쪽 몸마디는 원래 방향을 표시하고 있다. 복도 입구에서 닫힌 부엌문 위쪽 천장 구석에 이르기까지 벽을 대각선으로 가로지르는 경로다.

지네는 가만히 움직이지 않고 있다. 마치 무언가를 기다리고 있는 듯이. 아마 이미 위험을 눈치 챈 모양이다. 양쪽 더듬이를 번갈아 가며 세웠다가 내리는 동작을 계속하고 있을 뿐이다.

갑자기 몸체의 앞부분이 움직이기 시작하더니, 그 자리에서 휙 방향을 돌리고 벽 아래로 활처럼 휘어진다. 그리고 곧바로 도망칠 새도 없이 벌레는 바닥으로 떨어져 몸을 반쯤 비틀고 긴 다리에 경련을 일으킨다. 그러는 동안 입 주위에 턱이 반사적으로 떨면서 무의미하게 재빨리 벌어졌다가 다시 닫힌다……. 귀를 가까이 대면 입에서 나오는 지글거리는 소리를 들을 수 있다.

그 소리는 긴 머리칼을 빗질하는 소리다. 빗살은 짙은 적갈색으로 빛나는 검고 숱이 많은 머리카락을 위아래로 오르내리면서 머리카락 끝에 전기를 일으키는 동시에 빗 자체에도 전기를 일으켜, 깨끗이 감은 부드러운 머리칼을 따라 가냘픈 손이 내려가는 동안 탁탁 소리를 낸다. 가느다란 손가락들이 차례로 접힌다.

두 개의 긴 더듬이는 교대로 더욱 빨리 움직인다. 벌레는 바로 눈높이의 벽 한복판에 멈춰 있다. 몸통의 끝 부분에 다리가 매우 잘 발달해 있는 것으로 볼 때 틀림없이 '거미 지네'라고 불리는 지네임을 알 수 있다. 침묵 속에서 가끔가다 독특하게 지글거리는 소리가 들리는데, 아마도 입에 있는 부속 기관의 도움을 받아서 나는 소리일 것이다.

프랑크는 아무 말 없이 일어나서 수건을 든다. 그것을 둥글게 말아서 살금살금 다가가더니 지네를 벽에다 짓이긴다. 그다음 침실 바닥에 대고 다시 한번 발끝으로 짓이긴다.

이어서 그는 침대로 돌아가면서 수건을 세면대 옆 수건 걸이에 다시 걸어둔다.

손가락 관절이 가느다란 손이 새하얀 침대보 위에서 경련을 일으켰다. 벌리고 있던 다섯 개의 손가락을 너무 세게 그러쥐어 그 사이로 천이 말려 들어갔다. 천은 다섯 가닥으로 주름이 잡혀 있다……. 그러나 침대의 모기장이 내려지면서 수많은 그물코로 이루어진 반투명의 천이 침대를 뒤덮어버린다. 사각형의 헝겊이 모기장의 찢어진 부분에 덧대어 있다.

목적지에 빨리 도착하려고 프랑크는 더욱 속도를 낸다. 자동차가 몹시 흔들린다. 그래도 그는 계속해서 속력을 낸다. 어둠 속에서 길의 절반을 차지하고 있는 구덩이가 보이지 않는다. 차가 튀어 오르더니 옆으로 미끄러진다……. 이런 험한 도로에서 운전사는 제때에 핸들을 돌릴 수가 없다. 푸른색 세단은 침엽수의 밑동에 충돌한다. 나무는 심한 충격에도 거의 동요하지 않는다.

곧 불꽃이 치솟는다. 차체 전부가 환하게 드러나고 탁탁 튀는 소리와 함께 불이 번진다. 그것은 지네가 내는 소리다. 지네는 다시 벽 한가운데에 가만히 움직이지 않고 있다.

좀 더 자세히 들어보면 탁탁 튀는 소리와 함께 슈욱슈욱 바람 빠지는 소리도 섞여 있다. 빗은 지금 헝클어진 머리를 따라 내려온다. 끝까지 내려오자마자 곧바로 허공에 곡선을 그리며 다시 위로 올라간다. 그 곡선을 따라 출발점인 머리 위, 매끄러운 머리칼로 올라간 빗은 거기서 또다시 미끄러져 내려오기 시작한다.

방의 맞은편 벽에서 독수리는 여전히 같은 지점을 선회한다. 그 조금 아래 배의 마스트 꼭대기에 있는 두 번째 새 역시 꼼짝 않는다. 그 아래에는 사진의 제일 앞쪽으로 헝겊 조각이 여전히 물결에 반쯤 드러나 있다. 목선 위 두 원주민의 시선은 파도 거품을 떠나지 않는다. 거품은 여전히 조그마한 배 앞에 금방이라도 떨어질 듯하다.

제일 아래 마침내 작은 책상의 니스칠을 한 표면이 보인다. 책상에는 종이 받침이 한쪽 옆, 늘 두는 자리에 놓여 있다. 왼쪽에는 특별히 고안된 펠트 쿠션이 석유램프의 둥근 받침대를 받치고 있다. 램프의 손잡이는 뒤로 내려져 있다.

종이 받침 속에 있는 초록색 압지에는 검은 잉크로 쓴 글씨의 단편이 빼곡히 박혀 있다. 2, 3밀리미터의 가로 선, 짧은 아치 모양의 곡선, 교차 선, 고리 모양의 선 등등……. 설사 거울에 비춰 본다 해도 완전한 기호라고는 하나도 읽을 수가 없다. 측면의 주머니에는 편지지가 열한 장 들어 있다. 아주 연한 파란색이며 보통 판매하는 크기의 편지지다. 첫 장의 오른쪽 위에 단어 한 개가 지워진 흔적이 뚜렷이 보인다. u나 m, 혹은 n 등의 글자를 쓸 때 그은 짧은 세로획 두 개가 남아 있는데 그것도 고무지우개로 거의 지워져 있다. 이 부분의 종이는 다른 데보다 얇고 투명한데, 종이 표면이 매끄러워 새 글씨를 쓸 수도 있다. 그러나 먼저 쓰였던 글자는 복구할 수가 없다. 가죽 종이 받침에는 그 외에는 아무것도 들어 있지 않다.

책상 서랍 속에는 편지지가 두 권 있다. 한 권은 새것이고 다른 한 권은 꽤 많이 썼다. 편지지의 크기나 품질, 또 파란 색깔은 먼저 것과 완전히 똑같다. 그 옆에는 짙은 파란색의 이중 봉투 세 묶음이 아직 띠를 두른 채 나란히 놓여 있다. 그러나 한 묶음은 반 정도가 쓰여, 나머지를 두른 띠가 헐겁다.

검은 연필 두 자루와 원반 모양의 타이프라이터용 고무지우개, 몇 번인가 화젯거리가 된 소설책과 사용하지 않은 우표 한 묶음을 제외하면 서랍 속에는 아무것도 없다.

커다란 서랍장의 맨 위 서랍에는 물건의 목록이 더 많

다. 오른쪽에는 오래된 편지를 간직해 둔 상자 몇 개가 있다. 거의 대부분의 편지가 봉투 속에 보관되어 있고 봉투 위에는 유럽이나 아프리카의 우표가 붙어 있다. A…의 가족에게서 온 편지와 여러 친구들에게서 온 편지다.

연달아 약하게 부딪히는 소리가 침대의 저편 서쪽 테라스, 블라인드를 내린 창 뒤에서 들려온다. 포석 위를 걷는 발소리 같다. 그렇지만 보이나 요리사는 이미 잠자리에 든 지 오래다. 그리고 그들은 맨발일 때나 샌들을 신었을 때나 발소리가 전혀 나지 않는다.

소리는 곧 멎었다. 정말로 발소리였다면 빠른 걸음으로 도망치는 소리 같다. 그런데 사람의 발소리와는 전혀 다르다. 네발 달린 짐승의 발소리 같다. 들개 한 마리가 테라스에서 서성대는 것이리라.

소리가 너무 빨리 사라져버려서 기억에 뚜렷하게 남지 않는다. 귀가 제대로 그 소리를 들을 틈조차도 없었다. 포석 위를 가볍게 두드리는 그 소리는 몇 번이나 되풀이되었던 것일까? 겨우 대여섯 번 정도, 아니면 그보다 적었을 수도 있다. 개가 지나가는 것이라면 발소리의 횟수가 너무 적다. 처마 밑에서 도마뱀이 떨어질 때 이런 종류의 '털썩' 하는 소리가 난다. 그러나 대여섯 마리의 도마뱀이 연달아 한 마리씩 떨어져야 하는데 그런 일은 거의 있을 수 없다. ……그렇다면 단지 세 마리의 도마뱀이란 말인가? 그것만 해도 벌써 많다……. 어쩌면 아까 그 소리는 두 번만 났는지도 모른다.

과거 속으로 멀어짐에 따라 진실성도 줄어든다. 그래서

지금은 아무 일도 없었던 것 같다. 조금 늦었지만 블라인드 하나를 반쯤 열고 틈새로 내다보았다. 하지만 무엇인가를 확인하기란 불가능하다. 하는 수 없이 블라인드의 얇은 나무 살을 조절하는 막대기를 움직여 블라인드를 다시 닫는다.

방은 다시 한번 밀폐된다. 마룻바닥의 줄이나 벽과 천장의 세로 홈은 더욱더 빨리 회전한다. 선창에 서서 수면 위에 떠 있는 부유물을 보고 있는 사람이 갑자기 움직여 몸을 숙이기 시작한다. 그러나 뻣뻣한 자세는 그대로 유지하고 있다. 그는 재단이 잘된 흰 양복을 입고 더위를 피하기 위한 모자를 썼으며, 오래전에 유행한 끝을 꼬아 올린 검은 콧수염을 기르고 있다.

아니다. 그의 얼굴은 햇빛을 받고 있지 않으므로 전혀 알아볼 수가 없다. 피부색조차 알 수 없다. 잔물결이 앞으로 밀려와 부유물을 마저 펼쳐서 그것이 옷인지 헝겊 자루인지 아니면 또 다른 무엇인지를 보여줄 것만 같다. 물론 충분히 밝아야 하겠지만 말이다.

이 순간 갑자기 불이 꺼진다.

분명히 빛은 조금 전부터 차츰차츰 약해졌을 것이다. 하지만 그것도 확실하진 않다. 불빛이 미치는 범위가 점점 줄어들었나? 불꽃이 점점 더 노래지지 않았었나?

하지만 저녁나절에 펌프의 피스톤을 여러 번 눌렀었다. 석유가 벌써 다 돼버렸나? 보이가 연료 통을 채우는 일을 잊었던 걸까? 이렇게 갑자기 꺼진 것은 불순물이 섞인 연료 때문에 파이프가 고장 났다는 신호가 아닐까?

어쨌든 불을 다시 켜는 일은 너무 복잡해서 그냥 두기로 한다. 어둠 속에서 방을 가로지르는 일은 그렇게 어렵지 않다. 마찬가지로 어렵지 않게 커다란 서랍장을 찾아서 서랍을 열고 편지 꾸러미와 단추 통, 털실 꾸러미와 명주 천 뭉치, 혹은 머리카락처럼 가는 섬유 실 뭉치 등을 뒤진 다음 다시 서랍을 닫는다.

석유램프의 바람 빠지는 소리(슈욱슈욱 하는 소리)가 사라지자 오히려 조금 전 그 소리의 존재가 더 뚜렷해진다. 촘촘하게 주위를 둘러싸던 철창이 갑자기 끊겨나가면서 이 정육면체의 감옥은 스스로의 운명에 내맡겨진다. 이것은 자유로운 추락이다. 짐승들 또한 골짜기 깊은 곳에서 한 마리씩 숨죽이게 되었을 것이다. 침묵이 너무나 공고해서 아주 약한 움직임마저도 불가능해진다.

윤곽을 알 수 없는 이 밤을 닮은 비단결의 머리카락이 경련하는 손가락 사이로 흐른다. 머리카락은 길게 늘어지고 더욱 풍성해지며 촉수를 사방으로 뻗는다. 그러면서 복잡하게 꼬인 실타래처럼 점점 뒤엉킨다. 그러나 손가락은 그 얽힌 미로 속을 무심하게 쉽사리 빠져나간다.

머리카락은 마찬가지로 쉽게 풀리고 퍼져서 어깨에 느슨한 물결이 되어 굽이친다. 그 물결 속을 비단 브러시가 위에서 아래로, 위에서 아래로, 위에서 아래로 부드럽게 미끄러진다. 이 동작은 오직 숨소리에 의지해서만 감지할 수 있다. 숨소리는 완전한 어둠 속에서 규칙적인 리듬을 만들어내며 무언가를 측정할 수 있게 한다. 아직도 측정할 무언가가, 구별할 무언가가, 묘사할 무언가가 남아 있다면 말이다. 이 완전한 암흑 속에서 날이 밝아올 때까지.

해는 이미 오래전에 떠올랐다. 남쪽을 향한 두 개의 창문 아래쪽, 닫힌 블라인드의 틈새를 통해 광선의 줄무늬가 침투해 들어온다. 태양이 집의 정면을 이 각도로 비추는 것으로 보아 이미 꽤 높이 떠 있는 게 분명하다. A…는 돌아오지 않았다. 침대 왼쪽에 있는 큰 서랍장의 서랍은 반쯤 열린 채로 있다. 서랍이 꽤 무겁기 때문에 움직일 때면 기름칠이 덜 된 문을 열 때처럼 삐걱거린다.

반대로 방문은 경첩 위에서 소리 없이 돈다. 고무 밑창을 댄 신발은 복도의 타일 위를 소리 하나 내지 않고 지나간다.

보이는 여느 때와 마찬가지로 바깥문 왼쪽 테라스에 낮은 테이블과 팔걸이의자 한 개만을 내어놓았다. 테이블에도 단 하나의 찻잔만 놓여 있다. 보이가 커피 주전자가 담긴 쟁반을 두 손에 들고 집의 한쪽 구석에서 나타난다.

들고 온 것을 찻잔 옆에 내려놓고 나서 보이가 말한다.

"주인마님께선 돌아오시지 않았습니다."

그는 "커피를 가져왔습니다."나 "신의 은총이 함께 하시길 빕니다." 또는 그 어떤 말이든지 마찬가지의 어조로 말했을 것이다. 그의 목소리는 언제나 같은 음계로 노래하는 듯하다. 질문조차 다른 말과 구별할 수 없을 정도다. 다른 원주민 하인들처럼 그 역시 자신이 질문을 했더라도 결코 대답을 기다려서는 안 된다는 것을 잘 알고 있다. 그는 곧 물러나 지금은 중앙 복도의 열린 문을 통해 집 안으로 들어간다.

아침 해는 골짜기 전체와 가운데 테라스를 집중적으로 비추고 있다. 해돋이 후의 아주 상쾌한 대기 속에서 새들의 노랫소리가 밤새 울던 귀뚜라미들의 노래와 교대한다. 새소리는 귀뚜라미 소리를 닮긴 했지만 훨씬 불규칙하고 때로는 좀 더 음악적인 색채를 띤다. 새들도 귀뚜라미와 마찬가지로 집 주위를 둘러싼 무성한 바나나 나뭇잎 밑에 숨어서 모습을 드러내지 않고 있다. 평상시에도 그렇다.

집과 바나나 농장을 경계 짓는 빈 터에는 대지 위, 흙무더기 사이에 작은 거미들이 쳐놓은 무수한 거미줄에 맺힌 이슬방울이 반짝거린다. 그 한참 아래에는 작은 시냇물 위에 놓인 통나무 다리에서 다섯 명의 일꾼이 흰개미가 갉아먹은 나무를 새것으로 바꾸려 하고 있다.

테라스 위, 집의 한쪽 구석에서 보이가 늘 다니는 코스를 통해 등장한다. 여섯 걸음 뒤에 두 번째 원주민이 뒤따르고 있다. 짧은 바지에 메리야스 셔츠를 입고 맨발에다 낡아빠진 펠트 모자를 쓰고 있다.

새로 등장한 인물은 태도가 유연하고 활기가 있지만 동시에 힘이 없는 듯하다. 그는 안내자를 따라서 낮은 테이블로 향한다. 여러 번 빨아서 색이 바래고 쭈그러진 기묘한 펠트 모자를 머리에서 벗지 않는다. 보이가 멈추자 그도 멈춰 섰다. 다섯 걸음 뒤다. 두 팔을 내려뜨린 채 그대로 서 있다.

"저쪽 나리께서도 돌아오시지 않았습니다." 보이가 말한다.

펠트 모자를 쓴 심부름꾼은 지붕 밑 작은 들보 언저리를 바라보고 있다. 거기에는 회색이 섞인 장밋빛 도마뱀이 짧은 거리를 토막토막 빠르게 움직이다가 한가운데서 갑자기 멈춰버린다. 머리를 한쪽으로 쳐들고 꼬리는 한참 흔들던 도중에 딱 멈추고 가만히 있다.

"그 댁 마님께서 걱정하고 계십니다." 보이가 말한다.

그는 이 '걱정하다'라는 단어를 모든 종류의 불확실성, 슬픔, 혹은 불안을 표현할 때 사용한다. 틀림없이 오늘은 '불안해한다'는 뜻으로 썼을 것이다. 그러나 그것은 또한 '화가 나 있다', '질투하고 있다' 또는 '절망하고 있다'는 뜻일 수도 있다. 더구나 그는 아무것도 묻지 않았다. 그가 막 물러나려고 한다. 그때, 딱히 의미를 알 수 없는 대수롭지 않은 말이 그의 입에서 나와 물결처럼 이어진다. 원주민의 말로 특히 'ㅏ'와 'ㅐ' 같은 모음이 많다.

보이와 심부름꾼은 지금 서로 마주 보고 있다. 심부름꾼이 듣고 있는 편인데 전혀 이해하는 듯한 눈치가 아니다. 보이는 아주 빠르게 말한다. 마치 그가 말하는 문장에는 구두점이 하나도 없는 듯하다. 그러나 보이는 프랑스어를 말할 때와 마찬가지로 노래하는 듯한 어조로 이야기한다. 갑자기 보이가 입을 다문다. 상대는 한마디도 덧붙이지 않고 뒤돌아서더니 휘청이면서도 빠른 걸음걸이로 왔던 길을 되돌아간다. 입은 꼭 다물고 머리와 펠트 모자, 허리와 두 팔은 몸을 따라 흔들거린다.

더러워진 찻잔을 쟁반 위 커피 주전자 옆에 올려놓고 나서, 보이는 쟁반을 들고 복도 쪽으로 열린 문을 통해 집 안으로 들어간다. 방의 창문은 닫혀 있다. 이 시간에 A⋯는 아직 일어나지 않았다.

그녀는 오늘 아침 일찍 출발했다. 그래야 볼일을 볼 시간을 갖고 저녁에는 농장으로 되돌아올 수 있을 것이다. 그녀는 프랑크와 함께 시내에 내려갔다. 급한 장을 보기 위해서다. 그게 무엇인지는 자세하게 말하지 않았다.

방은 비어 있으니까 블라인드를 열어놓아선 안 될 이유가 없다. 세 개의 창문에 유리창 대신 블라인드가 완전히 내려져 있다. 세 창문은 비슷하게 생겼다. 각각의 창문은 네 개의 똑같은 사각형으로 나뉜다. 다시 말해 판유리 네 개로 이루어져 있고 한쪽 날개에 판유리가 두 개씩 세로로 배열해 있다. 총 열두 개의 똑같은 판유리가 있는 것이다. 블라인드의 나무로 된 열여섯 개의 살은 측면의 나무 막대로 조절하는데, 나무 막대는 창틀에 기대어 수직으로 배치되어 있다.

이어지는 열여섯 개의 나무 살은 계속 평행을 이룬다. 블라인드가 닫히면 나무 살들은 서로 가장자리를 붙이면서 1센티미터 정도의 폭으로 겹치게 된다. 조절 막대를 아래로 하면 나무 살의 경사를 줄일 수 있다. 그러면 일련의 빛 줄기가 생기는데 그 폭은 차츰 넓어진다.

블라인드가 최대한으로 열리면 나무 살은 거의 수평선이 되며 측면의 날을 보인다. 그러면 골짜기의 맞은편 비탈은 차례대로 쌓아 올린 연속되는 띠로 나타나는데, 그 띠들은 좀 더 좁은 흰색 띠들에 의해 잘린다. 바로 눈높이에 있는 틈새로는 농장 경계선에 자리 잡은 빳빳한 잎이 달린 무성한 나무들이 보인다. 바로 그 경계선에서부터 황토의 미개간지가 시작되는 것이다. 여러 그루의 잘린 나무 둥치가 퍼져나가는 다발을 이루며 솟아 있다. 거기서부터 달걀형의 짙은 초록빛 잎사귀를 매단 가지가 뻗어나가는데, 많은 수에 비해 상대적으로 크기가 작은데도 가지 하나하나가 뚜렷하게 보인다. 그 아래에는 나무 둥치들이 모여서 직경이 어마어마한 하나의 그루터기를 형성한다. 양옆으로 비어져 나온 부분이 있는데 그 부분은 땅에 닿으면서 옆으로 퍼진다.

빛이 급속도로 약해진다. 태양이 고원의 제일 끝에 솟은 바위 뒤로 사라졌다. 6시 30분이다. 귀가 따갑도록 울어대는 귀뚜라미 소리가 골짜기 전체를 채운다. 커지지도 않고 아무런 변화도 없이 계속 이어지는 울음소리다. 그 뒤에 있는 집은 해 뜰 무렵부터 텅 비어 있다.

A…는 저녁 식사 때 돌아오지 않을 것이다. 길을 떠나기 전에 프랑크와 함께 시내에서 저녁을 먹을 테니까. 그들은 아마 자정쯤 돌아오리라.

테라스 역시 비어 있다. 팔걸이의자는 오늘 아침엔 하나도 나와 있지 않다. 아페리티프와 커피를 마실 때 쓰는 낮은 테이블도 마찬가지다. 여덟 개의 반짝이는 점이 타일 바닥 위에 두 개의 팔걸이의자가 있던 자리를 표시하고 있다. 사무실의 첫 번째 창문 밑이다.

밖에서 보면 열린 블라인드가 평행한 나무 살의 칠이 벗겨진 측면 날을 내보인다. 거기에는 페인트칠이 군데군데 비늘처럼 일어나 있다. 손톱으로 쉽게 떼어낼 수 있을 것 같다. 방 안쪽에서는 A…가 창문에 기대서서 블라인드의 틈새 가운데 하나를 통해 테라스를, 햇빛을 받고 있는 난간을, 맞은편 산비탈의 바나나 나무들을 바라보고 있다.

　세월 탓에 빛이 바랜 회색 페인트의 찌꺼기와 습기 때문에 회색으로 변한 나무 사이로 적갈색의 작은 표면이 군데군데 눈에 띈다. 나무의 원래 색깔로 최근에 페인트칠이 벗겨지면서 드러났다. 방 안쪽에서는 A…가 창문에 기대서서 블라인드의 틈새 가운데 하나로 밖을 내다보고 있다.
　남자는 여전히 흙으로 뒤덮인 통나무 다리에서 흙탕물 위로 몸을 웅크린 채 꼼짝 않고 있다. 그의 자세는 한 치도 흔들림이 없다. 몸을 웅크리고 머리는 앞으로 숙이고 양 팔꿈치는 넓적다리 위에 대고 두 손은 벌린 무릎 사이로 떨군 채다. 물 속에서 무언가를 찾으려는 듯하다. 동물이거나 그림자거나 아니면 잃어버린 물건과 같은 것들.
　그 앞 시냇물의 저쪽에 있는 소농지에는 여러 개의 바나나 송이가 무르익어서 마치 수확되기만을 기다리고 있는 듯하다. 그러나 이 지역에서는 아직 수확을 시작하지 않았다. 속력을 바꾸는 트럭 소리가 집의 저편 큰길 위에서 들려오자, 이쪽에서는 화답하듯 창문을 잠근 빗장이 삐걱대는 소리가 난다. 방의 첫 번째 창문의 양쪽 날개가 활짝 열린다.
　A…의 상반신이 허리와 골반께까지 그 안에 들어 있다. 그녀는 "안녕." 하고, 푹 자고 일어난 사람의 생기발랄한 어조로 인사한다. 그게 아니라면 자신의 걱정거리를 남에게 드러내지 않으려고 언제나 한결같은 미소를 띠는 것을

원칙으로 삼는 사람의 어조다.

그녀는 금방 안으로 몸을 감추더니 몇 초 후, 아마도 10초쯤 후에 조금 더 떨어진 곳에 나타난다. 2, 3미터 정도 떨어진 또 다른 창틀이다. 이 두 번째 창문에는 블라인드가 내려져 있는데, 그중 나무 살 네 개가 방금 뒤쪽으로 사라졌다. 거기에서 그녀는 조금 더 오래 머무른다. 거의 가려진 옆얼굴은 지붕의 끝 부분을 떠받치고 있는 테라스의 모서리 기둥 쪽으로 돌리고 있다.

그 위치에서 그녀는 오직 바나나 나무들의 초록 융단과 고원의 가장자리, 그리고 그 사이를 띠처럼 가르는 미개간지를 볼 수 있을 뿐이다. 미개간지에는 노랗고 키가 큰 풀 사이로 몇몇 나무가 흩어져 있다.

기둥 위에도 이미 볼 것은 아무것도 없다. 다만 칠이 벗겨지기 시작한 페인트와 가끔 뜻하지 않게 아무 높이에서나 불쑥 나타나는 회색이 섞인 장밋빛 도마뱀만이 보인다. 도마뱀은 갑작스럽게 움직이며 간헐적으로 출현하기 때문에 그것이 어디에서 왔는지, 또 눈에서 사라졌을 때는 어디로 갔는지 알 수 없다.

A…는 다시 모습을 감추었다. 그녀를 다시 발견하려면 첫 번째 창문 안으로 시선을 보내야 한다. 그녀는 맞은편 벽에 붙여놓은 커다란 서랍장 앞에 있다. 위 서랍을 반쯤 열고 서랍 오른쪽으로 몸을 굽힌다. 거기서 그녀는 손으로 안에 있는 것을 이것저것 뒤지고 종이 상자나 나무 상자를 이리저리 밀어놓고, 그러다 다시 같은 자리로 돌아와서 계속 뒤지면서 손에 쉽게 잡히지 않는 무언가를 오랫동안 찾

는다. 단순히 서랍 안의 물건을 정리하는 데 몰두하고 있는 것이 아니라면 말이다.

그녀가 위치한 곳은 복도로 통하는 문과 커다란 침대 사이이기 때문에 테라스로부터 들어오는 빛은 활짝 열린 세 창문 가운데 어느 것을 통해서든 쉽게 그녀에게 다다른다.

모퉁이에서 두 걸음 떨어진 난간의 한 점으로부터 한줄기 빛이 비스듬히 나와, 두 번째 창문을 통해 방 안으로 들어와서 침대 발치를 사선으로 가르고 장롱에까지 가 닿는다. 몸을 다시 일으킨 A…는 빛 쪽으로 몸 전체를 뱅그르르 돌리고, 이어서 커다란 장롱의 뒷면을 가린 두 창문 사이의 넓은 벽 뒤로 사라진다.

그녀는 잠시 후에 첫 번째 창문의 왼쪽 창살에서 모습을 나타낸다. 작은 책상 앞이다. 그녀는 종이 받침의 주머니를 열고 몸을 앞으로 숙인다. 넓적다리 윗부분이 책상 가장자리에 눌린다. 몸을 허리 높이에서 앞으로 숙였기 때문에 넓은 골반에 가려 두 손이 무엇을 하고 있는지, 무엇을 들고 있는지, 무엇을 쥐고 있는지 혹은 무엇을 놓고 있는지 볼 수 없다.

A…는 먼저와 마찬가지로 몸을 거의 뒤로 돌리고 있다. 그러나 이번엔 반대 방향을 향해서다. 그녀는 아직 아침 실내복을 입고 있다. 머리카락은 아직 말거나 땋지는 않았지만 정성스럽게 빗겨져 있다. 머리가 햇살에 빛난다. 그녀가 고개를 돌리면 곱슬거리는 머리 단이 부드럽게 출렁거리며 어깨의 하얀 실크 천 위로 검은 머리 타래가 떨어진다. 그러는 동안 A…의 그림자는 복도 쪽 벽을 따라 다

시 방 안 깊은 곳으로 멀어진다.

책상의 넓은 면에 놓인 종이 받침은 보통 때처럼 닫혀 있다. 머리카락 대신 니스칠을 한 책상 표면을 바라보면, 조금 들어간 벽에 달력이 걸려 있을 뿐이다. 달력의 그림에서는 흰 배 한 척이 잿빛 배경으로 도드라져 보인다.

방은 지금 비어 있는 듯이 보인다. A…는 소리 없이 복도로 통하는 문을 열고 방 밖으로 나갔을 수도 있다. 그러나 가능성이 더 높은 것은 그녀가 여전히 방 안에 머무르되 시야가 미치지 않는 곳, 즉 복도로 통하는 문과 장롱 사이의 사각지대에 있는 것이다. 책상 위에서 유일하게 볼 수 있는 물건은 펠트 모자뿐이다. 게다가 사각지대에는 장롱을 제외하고는 가구가 단 하나(팔걸이의자)밖에 없다. 그러나 사각지대에 있는 통로로 나가면 복도와 응접실, 안뜰과 큰길까지 도달할 수 있으므로 도주의 가능성은 무한히 확장된다.

A…의 상반신이 집의 서쪽 박공에 있는 세 번째 창문의 틀 안, 화면에 등장한다. 따라서 그녀가 두 번째 사각지대인 화장대와 침대 사이의 공간에 들어가기 전에 어느 순간엔가 침대 발치를 지나가는 모습을 볼 수 있었을 게 분명하다.

그녀는 거기에서 꽤 오랫동안 꼼짝도 하지 않고 있다. 그녀의 옆얼굴은 좀 더 어두운 배경 속에서 선명하게 떠오른다. 입술이 매우 붉다. 그녀가 입술연지를 발랐는가 혹은 아닌가를 말하기는 쉽지 않다. 어쨌든지 자연 그대로의 입술 색도 붉기 때문이다. 두 눈은 크게 뜬 채로 바나나 나무들의 초록색 대열 위에 놓여 있다. 고개와 목이 조금씩 회전하면서 두 눈이 바나나 나무를 천천히 지나 모퉁이의 기둥에 가까이 다가간다.

정원의 빈 땅 위에는 지금 기둥 그림자가 난간의 긴 그림자, 서쪽 테라스, 집의 박공과 45도를 이루고 있다. A…는 이미 창가에서 사라졌다. 이 창문과 나머지 두 창문에도 나타나지 않는다. 그녀가 세 개의 사각지대 가운데 하나에 있을 것이라고 추측할 이유도 없다. 더욱이 사각지대 가운데 두 곳에는 쉽게 밖으로 나가는 출구가 있는 것이다. 첫 번째 사각지대에는 중앙 복도로 이어지는 문이 있고 나머지 하나에는 욕실로 통하는 문이 있다. 욕실의 또 다른 문을 통해 복도와 안뜰, 그리고 그 밖으로 나갈 수도 있을 것이다. 방은 다시 빈 것 같다.

왼쪽, 서쪽 테라스의 끝에는 흑인 요리사가 양은 냄비 위로 몸을 구부리고 참마 껍질을 벗기는 중이다. 그는 무릎을 꿇고 발꿈치를 세워 엉덩이를 괴고 냄비는 양쪽 넓적다리 사이에 끼우고 앉아 있다. 날카롭고 빛나는 칼날이 길고 노란 덩이줄기에서 좁고 길게 이어지는 껍질을 벗겨 간다. 덩이줄기는 규칙적으로 빙그르르 돈다.

같은 거리에, 그렇지만 수직 방향으로 프랑크와 A…가 아페리티프를 마시고 있다. 그들은 사무실 창문 아래에 놓인 예의 그 팔걸이의자에 몸을 한껏 젖히고 앉아 있다. "여기 앉으면 정말 편안하군!" 프랑크는 팔걸이 끝에 놓아둔 유리잔을 오른손으로 잡는다. 다른 세 개의 팔들은 평행한 가죽 천의 띠를 따라 역시 평행하게 뻗어 있다. 그러나 손 세 개는 의자 손잡이를 손바닥으로 잡고 있다. 그곳은 가죽 천의 끝이 뾰족하게 마무리되기 전에 모서리에서 다시 한번 구부러지는 지점으로, 바로 아래에 머리가 둥근 못 세 개가 붉은 나무에 가죽 천을 고정시키고 있다.

네 개의 손 중 두 개는 똑같은 손가락에 똑같은 모양의 크고 납작한 금반지를 끼고 있다. 왼쪽에서 첫 번째 손과 세 번째 손이다. 세 번째 손은 황금빛 액체가 반쯤 찬 원뿔형의 유리잔을 쥐고 있는데, 프랑크의 오른손이다. A…의 잔은 그 옆의 작은 테이블에 놓여 있다. 그들은 다음 주에 함께 떠날 시내 나들이에 대해 생각나는 대로 이야기를 나누고 있다. 그녀는 여러 가지 사야 할 것이 있고 그는 구입할 새 트럭에 대해 알아보기 위해 가는 것이다.

두 사람은 오고 가는 데 필요한 시간과 볼일을 보는 데 걸리는 시간을 계산해서 출발 시간과 돌아올 시간을 정했다. 이제 가장 편한 날짜를 정하는 일만 남았다. A…가 시내에 가기 위해 이 기회를 이용하려는 것은 당연하다. 누구에게도 폐를 끼치지 않고 편안하게 갈 수 있는 기회니까. 곰곰이 생각해 보면 이런 식의 약속이 왜 과거의 비슷한 상황에서는 없었나, 오히려 그게 놀라울 뿐이다. 훨씬 전에, 옛날에는 말이다.

지금 두 번째 손의 가느다란 손가락들은 니켈 도금을 한 못의 커다란 머리 부분을 만지작거리고 있다. 둘째 손가락과 가운뎃손가락, 넷째 손가락의 마지막 마디의 연한 살이 매끄럽고 볼록한 세 개의 표면을 비빈다. 가운뎃손가락은 가죽 천의 삼각형 정점의 축을 따라 수직으로 뻗어 있다.

둘째 손가락과 넷째 손가락은 반쯤 접혀서 위쪽의 두 못에 닿아 있다. 잠시 후 왼쪽으로 60센티미터쯤 떨어진 곳에 마찬가지로 가느다란 손가락 세 개가 똑같은 동작에 몰두한다. 이 여섯 개의 손가락 가운데 가장 왼쪽에 있는 것이 반지를 낀 손가락이다.

"그럼 크리스티안은 함께 못 가는 건가요? 아쉽네요……."

"네, 어렵습니다. 아이 때문에요." 프랑크가 말한다.

"분명히 해안 쪽은 더 더울 거예요."

"훨씬 후텁지근하겠죠."

"크리스티안에겐 기분 전환이 될 수 있을 텐데요. 오늘은 좀 어떤 것 같나요?"

"늘 그렇지요." 프랑크가 말한다.

단선율의 토속적인 가락을 부르는 두 번째 운전사의 낮은 목소리가 가운데 테라스에 모아놓은 세 개의 팔걸이의자까지 들린다. 그 소리는 멀긴 하지만 똑똑하게 들린다. 집의 양쪽 박공을 동시에 돌아서 오른쪽과 왼쪽 귀 양쪽에 동시에 다다른다.

"늘 그렇지요." 프랑크가 말한다.

A…는 근심에 차서 말한다.

"시내에 가면 의사의 진찰을 받을 수 있을 텐데요."

프랑크는 가죽 천으로 된 팔걸이에서 왼손을 든다. 팔꿈치는 여전히 대고 있다. 그러나 곧 좀 더 느린 동작으로 손을 원래 있던 자리로 떨어뜨린다.

"그 정도면 이미 의사는 신물 나게 본 셈이죠. 게다가 그 사람이 먹는 약들하며, 그건 마치······."

"하지만 뭐든 해봐야지요."

"그 사람은 기후 때문이라는군요!"

"흔히들 기후 탓을 하지만 그건 전혀 문제가 안 돼요."

"말라리아의 경우······."

"키니네가 있잖아요······."

그러고는 열대 지방에서 해발, 위도, 바다까지의 거리, 호수나 늪의 존재 유무에 따라 필요한 키니네 양이 얼마나 되는지에 대해 대여섯 마디의 말이 오고 갔다. 그러자 프랑크는 A…가 읽고 있는 아프리카를 무대로 한 소설의 여주인공에게 키니네가 미친 참혹한 결과를 다시 화제에 올렸다. 프랑크는 곧 여주인공 남편의 행동에 대해 무언가를 암시한다. 그러나 소설을 들춰보지도 않은 사람은 전혀 이해할 수 없다. 그 책을 읽은 두 사람의 의견에 따르면 남편은 적어도 소홀했다는 점에서 잘못했다는 것이다. 프랑크의 마지막 말은 "기다릴 줄 안다." 혹은 "기다려 무엇 하나." 혹은 "여자가 가는 것을 본다.", "거기 그녀의 침실에서.", "흑인이 거기서 노래한다." 등등인 듯한데, 그 밖에 다른 것일 수도 있다.

그러나 프랑크와 A…는 이미 멀리 나갔다. 지금 문제가 되는 것은 백인 여자인데——방금 전에 얘기한 인물과 동일한 사람인가? 아니면 그 라이벌 또는 부수적인 인물을 말하는 걸까?——그 여자는 한 원주민 남자에게 몸을 맡겼다. 어쩌면 여러 명의 원주민 남자들일 수도 있겠다. 프랑크는 그 여자를 비난하려는 참인 것 같다.

"그래도 그렇지, 흑인하고 잔다는 건 좀······." 그가 말한다.

A···는 그에게로 몸을 돌려 턱을 치켜 올리고 얼굴에는 미소를 띤 채 묻는다.

"왜요, 안 될 게 뭐 있나요?"

이번에는 프랑크가 미소를 짓는다. 그러나 그는 아무런 대답도 하지 않는다. 마치 그런 대화가 부담스럽기라도 한 듯이. 적어도 제삼자 앞에서는 말이다. 무언가 말하려는 듯 움직이던 그의 입은 이내 찡그린 표정을 지을 뿐이다.

운전사의 노랫소리가 자리를 바꿨다. 지금은 동쪽 측면에서만 들려온다. 아마도 넓은 안뜰의 오른쪽에 있는 창고에서 들려오는 듯하다.

그 노래는 때때로 소위 유행가, 애가(哀歌) 혹은 후렴이라고 부르는 것들과는 너무나 달라서, 서양 사람이 듣는다면 당연히 노래가 아닌 다른 게 아닐까 자문하게 된다. 음은 분명히 여러 차례 반복되는데도 아무런 음악적 규칙 없이 이어지는 것 같다. 멜로디도 리듬도 없고 요컨대 아무런 곡조도 찾아볼 수 없는 것이다. 그저 일을 하면서 아무 생각 없이 단편적인 소리를 내뱉고 있는 것으로 생각할 수도 있다. 그의 일은 아침에 받은 지시대로 새 통나무에 살충액을 바르는 것이다. 통나무를 사용하기 전에 흰개미의 침범을 방지하기 위해서다.

"늘 그렇지요." 프랑크가 말한다.

"여전히 기계상의 문젠가요."

"이번엔 카뷰레터가 고장이에요······. 모터를 완전히 갈아야겠습니다."

난간의 나무 손잡이 위에 도마뱀 한 마리가 처음 모습을 나타낸 이래 꼼짝도 하지 않고 있다. 머리를 비스듬히 집 쪽으로 쳐들고 몸체와 꼬리로 매우 완만한 S 자형 곡선을 그리고 있다. 도마뱀은 움직임이 없다.

"저 아이는 목소리가 곱네요." A…가 꽤 오랜 침묵 끝에 말한다.

프랑크가 되받는다.

"일찍 떠나기로 하지요."

A…가 정확한 시간을 요구한다. 프랑크는 출발 시간을 말하고는 너무 이른 시간이 아닌지 걱정한다.

"오히려 퍽 재미있겠는데요." 그녀가 말한다.

그들은 조금씩 마신다.

"일이 잘된다면," 프랑크가 말한다. "우리는 10시쯤에 시내에 도착할 겁니다. 그러면 점심 먹기 전에 시간이 꽤 있을 겁니다."

"물론 저도 그편이 좋아요." A…가 말한다. 표정은 다시 진지해진다.

"그다음 여러 대리점을 방문하려면 오후 내내 바쁠 겁니다. 또 자동차 정비공의 의견도 들어야지요. 제가 늘 가는 데는 로뱅의 정비소인데, 아시죠? 해안 도로에 있는……. 저녁을 먹자마자 바로 집으로 돌아오기로 합시다."

시내에 가서 하루를 보내기 위해 그가 짠 시간표는 너무나 치밀해서, 오히려 누군가의 질문을 받아 대답한 것이라면 더 자연스러워 보였을 것이다. 그러나 오늘은 아무도 그가 새 트럭을 구입하는 일에 관심을 보이지 않는다. 조금이라도 질문을 받는다면 그는 큰 소리로, 상당히 커다란 소리로 어디 가서 누구를 만나는지, 1미터마다 또 1분마다의 소소한 일정을 그 필요성과 함께 떠들어댈 것이다. 반대로 A…는 자기의 볼일에 대해서 조금도 설명하지 않는다. 어차피 전체적인 시간은 똑같을 테니까 말이다.

점심 식사를 하기 위해 프랑크는 자리를 또 함께 했다. 만면에 웃음을 띠고 있는 그는 상냥하면서도 수다스럽다. 이번에는 크리스티안이 함께 오지 않았다. 그 부부는 전날 드레스의 모양 때문에 거의 싸우다시피 했다.

팔걸이의자의 편안함에 대해 습관적인 감탄의 말을 한다음 그는 지나칠 만큼 세세하게 고장 난 자동차 이야기를 하기 시작한다. 얘기하고 있는 것은 트럭이 아니라 세단이다. 그런데 그 차는 거의 신형으로 주인의 골치를 썩이는일이 별로 없다.

프랑크는 이 순간 A…와 시내로 나들이 갔을 때 일어났던 비슷한 사고를 암시하고 있는 게 틀림없다. 그리 대단치 않은 사고였는데도 그 때문에 두 사람은 꼬박 하룻밤 늦게 농장으로 돌아온 것이다. 두 사건을 비교하는 것은 지나친 행동이다. 프랑크는 그런 행동을 삼간다.

A…는 조금 전부터 옆 자리의 사람을 유심히 바라보고 있다. 마치 그의 입에서 막 나오려는 무슨 말을 기다리기라도 하는 듯하다. 그러나 그녀 역시 말이 없고, 기다리던 말도 나오지 않는다. 게다가 두 사람은 그날, 그 사고, 또 그 밤에 대해 결코 다시 말하지 않았다. 적어도 단둘이 있

을 때가 아니라면 말이다.

　프랑크는 지금 카뷰레터를 완벽하게 검사하기 위해서 분해해야 할 부속품의 리스트를 꼽고 있다. 너무나 꼼꼼하게 꼽으려다 보니 뻔한 부품들도 일일이 언급하게 된다. 그의 묘사는 거의 나사를 한 줄 한 줄 돌려 푸는 동작에서부터 똑같은 방법으로 조이는 동작까지 그릴 정도다.

　"오늘은 기계에 아주 밝으신 것 같군요." A…가 말한다.

　프랑크는 한참 이야기하던 중에 갑자기 입을 다문다. 그는 오른쪽에 있는 입술과 두 눈을 쳐다본다. 거기에는 조용한 미소가 어려 있다. 그 표정은 마치 사진에 찍혀 영원히 고착되어 버린 듯 굳어 있다. 프랑크의 입술은 반쯤 벌어져 있다. 아마도 무슨 말을 하려던 참인 듯하다.

　"이론상으로는 말예요." A…는 상냥한 말씨를 바꾸지 않고 보다 분명하게 말한다.

　프랑크는 두 눈을 돌려 빛을 받고 있는 난간과 마지막 남은 회색 페인트의 반점들, 꼼짝 않는 도마뱀과 움직임 없는 하늘 쪽을 바라본다.

　"이제 트럭에 대해 제법 알게 되었습니다." 그는 말한다. "모터들은 다 비슷하니까요."

　그 말은 물론 엉터리다. 특히 그의 대형 트럭의 모터는 그가 가지고 있는 미국 산 자동차의 모터와 비슷한 점이 거의 없다.

　"옳은 말이에요. 여자도 마찬가지죠." A…가 말한다.

　그러나 프랑크는 못 들은 것 같다. 계속 앞에 있는 회색이 섞인 장밋빛 도마뱀 위에 시선을 고정한 채로 있다. 도마뱀의 턱 밑에 말랑말랑한 피부가 희미하게 고동친다.

A…는 황금색 탄산수가 든 잔을 비우고 빈 잔을 탁자 위에 다시 놓은 다음, 여섯 개의 손가락으로 팔걸이의자의 각 모서리를 장식한 세 개의 커다란 못의 볼록한 머리를 쓰다듬기 시작한다.

꼭 다문 그녀의 입술 위로 평온, 꿈, 혹은 무심함이 어린 은근한 미소가 떠돈다. 그 미소는 흔들림이 없고 지나치게 단정해서 오히려 사교를 목적으로 꾸며낸 거짓 미소 같다. 아니면 그저 상상에 지나지 않는 것인지도 모른다.

난간의 나무 손잡이 위에 있는 도마뱀은 지금 그늘 속에 있다. 도마뱀의 색깔이 칙칙해졌다. 지붕의 그림자가 테라스 둘레와 정확하게 일치한다. 태양이 하늘의 정점에 떠 있는 것이다.

프랑크는 잠시 지나는 길에 들렀으므로 더 이상 지체할 수 없다고 말한다. 그는 팔걸이의자에서 일어나더니 잔을 단숨에 들이켜고는 낮은 테이블 위에 내려놓는다. 그는 집을 가로지르는 복도 바로 앞에 멈춰서는 반쯤 몸을 돌려 안주인에게 인사를 한다. 앞서와 같은 찡그린 표정이 순식간에 그의 입술 위에 다시 나타났다가 사라진다. 그는 테라스를 벗어나 집 안쪽으로 사라진다.

A…는 일어서지 않았다. 그녀는 의자에 몸을 깊이 파묻고 두 팔을 팔걸이 위에 길게 뻗고 두 눈은 정면의 허공을 향해 크게 뜨고 있다. 그녀 옆에 술병 두 개와 얼음 통이 놓인 쟁반 가까이에는 프랑크에게서 빌려온 소설책이 놓여 있다. 그녀는 전날부터 그것을 읽고 있다. 그 소설의 무대

는 아프리카다.

난간의 나무 손잡이 위에 있던 도마뱀은 사라졌다. 대신 그 자리에 비슷한 형태를 그리는 회색 페인트 자국이 드러난다. 자국은 나뭇결에 따라 길게 늘어진 몸체와 두 번 비틀린 꼬리, 꽤 짧은 다리 네 개와 집 쪽으로 돌린 머리의 형상을 하고 있다.

식당에는 보이가 정사각형 식탁 위에 두 명분의 식기만을 준비해 두었다. 하나는 열린 부엌문과 긴 찬장 맞은편에 있고 다른 하나는 창문 쪽에 있다. 바로 이 자리에 A…가 빛을 등지고 앉아 있다. 그녀는 습관대로 음식을 거의 안 먹다시피 한다. 식사 시간 내내 움직이지 않고 의자에 꼿꼿하게 앉아 있다. 가는 손가락을 지닌 두 손을 식탁보처럼 새하얀 접시의 양쪽에 두고, 시선은 정면의 장식 없는 벽에 붙은 짓이겨진 지네의 갈색 자국 위에 머물러 있다.

그녀의 두 눈은 매우 크고 빛나며 초록색을 띠고 주위로 길고 휘어진 속눈썹이 나 있다. 눈은 언제나 정면을 보고 있는 것 같다. 얼굴을 옆으로 돌렸을 때도 마찬가지다. 두 눈은 어떤 경우에도 눈꺼풀이 떨리는 법 없이 가장 크게 뜬 상태를 유지한다.

점심을 먹은 후에 그녀는 테라스의 중앙, 프랑크의 빈 의자 왼쪽에 있는 자기 의자로 돌아간다. 그녀는 책을 집어 든다. 보이는 테이블에서 쟁반을 치울 때 책은 그대로 두었다. 그녀는 프랑크가 와서 읽기를 중단한 부분을 찾는다. 이야기의 4분의 1 정도 되는 지점이다. 그러나 그 페이지를 찾자 그녀는 책을 그대로 펴서 무릎 위에 엎어놓고 등을 뒤로 젖혀 가죽 천을 댄 등받이에 기대고 아무것도 하지 않은 채 가만히 그대로 있다.

집의 반대편에서 짐을 실은 트럭이 큰길을 내려가는 소리가 들린다. 길은 골짜기 아래 평원과 항구로 향한다. 항구에는 선창에 새하얀 선박이 정박해 있다.

테라스는 비어 있다. 온 집 안도 마찬가지다. 지붕의 그림자가 테라스 둘레와 정확하게 일치한다. 태양이 하늘의 정점에 떠 있는 것이다. 집은 최근에 땅을 간 정원 위에 한줄기 검은 그림자도 던지지 않는다. 빈약한 오렌지 나무들도 제자리에 못 박혀 있다.

지금 들리는 소리는 트럭 소리가 아니다. 큰길에서 집 쪽으로 난 샛길로 내려오는 세단의 소리다.

식당의 첫 번째 창문, 젖힌 왼쪽 날개의 가운데 유리 중앙에 푸른색 자동차가 안뜰 한복판에 와 서는 모습이 비친다. A…와 프랑크가 동시에 각각 차의 양쪽 앞문에서 내린다. A…는 한쪽 손에 형태가 불분명한 아주 작은 꾸러미를 하나 들고 있다. 그러나 꾸러미는 거친 유리의 결 때문에 곧 보이지 않게 된다.

두 인물은 자동차의 보닛 앞에서 서로에게 다가간다. 덩치가 큰 프랑크의 실루엣이 같은 선상의 뒤쪽에 있는 A…의 실루엣을 완전히 가린다. 프랑크의 고개가 앞으로 숙여진다.

유리가 고르지 못해서 자세한 동작은 알 수 없다. 응접실 창문에서 보면 이 광경을 보다 편안한 각도에서 똑똑히 볼 수 있을 것이다. 두 사람이 나란히 있는 모습을 말이다.

그러나 그들은 이미 떨어져서 집의 출입문 쪽을 향해 안뜰의 자갈투성이 땅 위를 나란히 걸어온다. 두 사람은 적어도 1미터는 떨어져 있다. 정오의 높이 솟은 태양은 두 사람의 발밑에 그림자를 만들지 않는다.

문이 열리자 두 사람은 동시에 똑같이 미소 짓는다. 그렇다. 그들은 조금도 불편한 데가 없다. 아니다. 사고가 난 것이 아니다. 그저 모터에 작은 고장이 생겨서, 어쩔 수 없이 호텔에서 하룻밤을 보내고 다음 날 정비소가 문을 열기를 기다린 것이다.

아페리티프를 후다닥 마신 후 프랑크는 서둘러 아내에게 가기 위해 자리에서 일어나 떠난다. 하얀 양복은 여행으로 구겨졌다. 그의 발걸음 소리가 복도의 타일 위에 울린다.

A…는 곧 방으로 들어가서 목욕하고 옷을 갈아입은 뒤, 왕성한 식욕으로 점심을 먹고 나서 다시 테라스로 돌아가 사무실 창문 아래에 가 앉는다. 창문에는 블라인드가 거의 다 내려져 있기 때문에 머리카락 윗부분만 겨우 보인다.

저녁이 되어도 그녀는 같은 자세로 같은 팔걸이의자에 여전히 회색 돌멩이 같은 도마뱀을 앞에 두고 앉아 있다. 오직 한 가지 다른 점은 보이가 네 번째 의자를 가져다 놓은 것이다. 의자는 철제 골조에 천을 씌운 것으로 다른 것에 비해 불편하다. 태양은 서쪽, 고원의 제일 끝에 솟은 바위 뒤로 숨어버렸다.

빛의 세기가 급속도로 약해진다. A…는 더 이상 책을 읽을 수 없을 만큼 날이 어두워지자 책을 덮고서 옆에 있는 작은 테이블 위에 올려놓는다. 테이블은 의자를 두 개의

무리로 갈라놓는다. 한 쌍의 팔걸이의자는 창문 아래 벽에
붙어 놓여 있다. 나머지 두 개는 모양도 제각각으로 난간
근처에 비스듬하게 놓여 있다. 읽던 페이지를 표시하기 위
해 책 표지를 싸는 코팅된 커버의 모서리가 책 안쪽으로
접혀 들어가 있다. 책 두께의 4분의 1 정도 되는 지점이다.

A…는 오늘 농장에 별일이 없었는지 묻는다. 별일이랄
건 없다. 늘 재배와 관련한 자질구레한 일이 있을 뿐인데
작업의 주기에 따라 농지 이곳저곳에서 정기적으로 되풀이
되는 일들이다. 작은 농지가 여러 군데 많은 데다가 일 년
열두 달에 걸쳐 골고루 수확할 수 있도록 마련되어 있으므
로, 주기적인 일이 매일같이 일어나고 자질구레한 정기 행
사가 이곳저곳에서 매일같이 되풀이되는 것이다.

A…는 춤곡을 흥얼거리는데 그 가사는 알 수가 없다. 아
마도 요즘 유행하는 노래로 그녀가 시내에 갔을 때 들었을
것이다. 그녀는 아마 그 리듬에 맞추어 춤을 추었을 것이다.

네 번째 팔걸이의자는 없어도 되었다. 저녁 내내 비어 있
는 채로 세 번째 의자와 다른 두 의자 사이를 더 멀게만 할
뿐이다. 프랑크는 결국 혼자 왔다. 크리스티안은 열이 있는
아이를 혼자 두고 싶지 않았던 것이다. 요즘에는 아내 없이
남편이 혼자서 저녁을 먹으러 오는 일이 드물지 않다. 그러
나 오늘 저녁 A…는 그녀를 기다리는 눈치다. 어쨌든 그녀
는 네 사람분의 식기를 준비시켰으니까. 그녀는 곧바로 필
요 없게 된 한 벌의 식기를 치우라고 지시했다.

지금은 완전히 날이 저물었건만 A…는 램프를 가져오지
말라고 지시했다. 그녀의 말에 따르면 램프는 모기를 불러

들인다는 것이다. 완전한 어둠 속에서 다만 하얀 셔츠와 드레스와 손 하나가, 이어서 눈이 어둠에 익숙해지면서 손 두 개, 손 네 개가 만들어내는 창백한 반점들이 드러난다.

아무도 말을 하지 않는다. 아무것도 움직이지 않는다. 네 개의 손이 질서 정연하게 집의 벽과 평행하게 놓여 있다. 난간의 저편, 골짜기의 상류 쪽에는 귀가 따갑도록 울어대는 귀뚜라미 소리와 별도 뜨지 않은 하늘이 있을 뿐이다.

저녁 식사를 하는 동안 프랑크와 A…는 가까운 시일에 시내에 함께 갈 계획을 세운다. 그들은 각각 볼일이 있기 때문이다. 식사가 끝난 후 테라스에서 커피를 마시는 동안에도 그들의 대화는 그 여행 얘기로 돌아온다.

야행성 동물의 날카로운 울음소리가 아주 가까이, 집의 남동쪽 모퉁이 정원에서 들리자 프랑크는 서둘러 일어서서 그쪽으로 성큼성큼 걸어간다. 고무 밑창을 덧댄 신발은 타일 위에서 아무 소리도 내지 않는다. 잠시 후 하얀 셔츠는 어둠 속으로 완전히 사라졌다.

프랑크가 아무 말도 없이 좀처럼 돌아오지 않자 A…는 그가 무언가를 발견했다고 생각한 모양이다. 유연한 몸놀림으로 조용히 일어나서 같은 방향으로 멀어진다. 이번에는 그녀의 드레스가 역시 컴컴한 밤 속으로 빨려 들어간다.

꽤 오랜 시간이 지났는데도 아무런 말소리도 들려오지 않는다. 10미터 정도 떨어진 곳까지 들릴 만큼 큰 목소리로 이야기를 나누는 소리 말이다. 이미 저쪽에는 아무도 없는지도 모른다.

프랑크는 지금 떠났다. A…는 자기 방에 들어갔다. 방 안에 불이 켜 있지만 블라인드는 완전히 내려져 있다. 블라인드의 나무 살 사이로 여기저기 희미한 불빛이 새어 나올 뿐이다.

더욱 거세진 짐승의 울음소리가 날카롭고 짧게 다시 한 번 정원 아래쪽의 테라스 발치에서 울려 퍼진다. 그러나 이번에는 반대편, 방이 있는 쪽의 모퉁이에서 들려오는 것 같다.

고개를 앞으로 빼고 정방형의 기둥에 기대서 몸을 난간 밖으로 한껏 굽힌다 해도 무언가를 보는 것은 불가능하다. 기둥은 지붕의 남서쪽 모서리를 받치고 있다.

지금 지붕의 그림자는 방 앞에 있는 테라스의 이쪽 중앙 부분을 지나 포석 위로 뻗어 있다. 사선으로 드리운 어두운 선을 벽까지 연장해 보면, 첫 번째 창문의 오른쪽 모서리에서부터 수직의 벽면을 따라 흐른 불그스름한 얼룩에 닿게 된다.

기둥의 그림자는 이미 제법 길어졌지만 바닥의 포석 위에 난 동그랗고 작은 얼룩까지 닿으려면 1미터 정도가 모자란다. 이 얼룩에서부터 가는 수직선 하나가 시작되어 콘크리트 토대를 기어 올라가면서 차츰 두꺼워진다. 이어서 선은 벽의 나무 널을 한 장씩 올라가면서 더욱더 옆으로 퍼져 창의 아래쪽 틀까지 이른다. 그러나 그 진행은 고르지 않다. 비늘 모양처럼 겹쳐서 연결된 나무 널들이 일정한 거리마다 굴절을 만들어 고른 진행을 중단시키기 때문이다. 액체는 굴절하기 바로 직전에는 더 넓게 퍼져 있다. 창의 아래 틀 위에는 얼룩 뒤로 페인트칠이 넓게 벗겨져 있어 붉은 얼룩의 대부분을 지워버린다.

얼룩은 여전히 거기 벽 위에 있다. 당분간은 블라인드와 난간만 다시 칠하기로 했다. 특히 난간은 산뜻한 노란색으로 새로 칠할 것이다. A…가 그렇게 결정했다.

그녀는 자기 방에 있다. 그 방의 남쪽 창문 두 개는 활짝 열려 있다. 하늘에 매우 낮게 떠 있는 태양은 이미 열기가 한풀 꺾였다. 태양은 사라지기 직전에 집의 정면을 직접 비추겠지만 몇 초에 지나지 않을 것이다. 더구나 지평선에 맞닿을 정도의 입사각이므로 완전히 위력을 잃은 광선에 불과할 것이다.

A…는 작은 책상 앞에 움직이지 않고 서 있다. 그녀는 벽 쪽으로 돌아선다. 그렇게 해서 열린 창틀 속에 그녀의 옆모습이 나타난다. 그녀는 최근에 유럽에서 받은 편지를 다시 읽는 중이다. 뜯은 봉투는 니스칠 한 책상 위에서 하얀색의 마름모꼴을 나타내고 있다. 바로 옆에는 종이 받침과 금으로 만든 뚜껑이 달린 만년필이 놓여 있다. 그녀가 두 손으로 펴서 들고 있는 편지지에는 아직도 접힌 자국이 또렷하다.

편지지 아래까지 다 읽고 난 다음 A…는 편지 봉투 옆에 편지를 놓는다. 그리고 의자에 앉아서 종이 받침의 주머니를 연다. 커다란 주머니 속에서 그녀는 편지지 한 장을 꺼낸다. 똑같은 크기지만 아무것도 쓰여 있지 않다. 그녀는 종이를 초록색 압지 위에 놓는다. 이어서 만년필 뚜껑을 열고 고개를 숙이고 무언가 쓰기 시작한다.

　만년필이 앞으로 나가는 동안 어깨에 늘어뜨린 윤기 흐르는 검은 머리 타래가 가볍게 흔들린다. 팔은 머리와 마찬가지로 전혀 움직이는 기색이 없다. 반면에 머리카락은 민감하게 손목의 움직임을 포착하여 더욱 증폭시키고, 예상치 못한 떨림으로 바꾸어 드러낸다. 풍성한 머리카락의 흔들림에 따라 빛이 위에서 아래로 적갈색으로 반사된다.

　손이 움직임을 멈추었을 때도 머리카락의 흔들림은 그 파동의 전파와 간섭을 계속한다. 그러나 고개는 다시 들려 천천히 부드러운 동작으로 열린 창문 쪽으로 회전하기 시작한다. 커다란 두 눈은 깜박거리지도 않고 외부로부터 들어오는 빛을 향해 이동한다.

　저 아래 골짜기 안쪽 사다리꼴의 농지에는 태양의 비스듬한 빛 줄기에 바나나 나무들의 잎사귀 하나하나가 선명하게 드러나 보인다. 그 앞에 있는 작은 시냇물의 물줄기는 구불구불한 주름을 만들어내며 물살의 빠르기를 말해 주고 있다. 마구 뒤엉킨 물줄기가 그려내는 가는 줄무늬, 십자 모양, 연속하는 ∧ 모양 등은 석양빛 아래에서 입체감을 띤다. 물결이 흐르지만 수면은 이 불변하는 선들 속에 응고된 듯 움직이지 않는다.

　물결의 반짝임 또한 고정된 듯 수면 위에 투명한 빛을 더한다. 그러나 가까이에서, 예를 들자면 다리 위에서 물살을 확인할 사람은 아무도 없다. 마찬가지로 주변에는 아무도 보이지 않는다. 지금 이 순간에 그 부근에서 일하고 있는 사람은 없다. 일일 작업 시간이 이미 끝난 것이다.

테라스 위에 기둥의 그림자가 더욱 길어졌다. 동시에 그림자는 방향을 바꿨다. 지금은 거의 집의 정면에 있는 출입문까지 닿아 있다. 출입문은 열려 있다. 복도 바닥의 타일은 ∧ 모양의 줄무늬로 장식되어 있는데 시냇물에서 본 것과 비슷하다. 물론 좀 더 규칙적이긴 하다.

복도는 곧장 반대편 안뜰 쪽으로 난 문으로 통한다. 푸른색의 커다란 차가 그 가운데 서 있다. 동승한 여인은 차에서 내려 곧바로 집 쪽으로 향한다. 굽이 아주 높은 신발을 신었는데도 자갈로 울퉁불퉁한 땅에 불편해하는 기색이 없다. 그녀는 크리스티안을 방문하러 갔었다. 그리고 프랑크가 그녀를 집까지 데려다 준 것이다.

프랑크는 사무실의 첫 번째 창문 아래 놓인 그의 팔걸이 의자에 앉아 있다. 기둥의 그림자가 그의 앞으로 뻗어 있다. 그림자는 테라스의 반 이상을 사선으로 가른 다음 방의 외벽을 따라가다가 복도와 연결된 문을 지나, 지금은 낮은 테이블까지 와 닿는다. 테이블 위에 A…가 막 그녀의 책을 놓아둔다. 프랑크는 하루 일을 마치고 집에 돌아가기 전에 잠깐 들렀을 뿐이다.

아페리티프를 마실 시간이 거의 다 되었다. A…는 더 이상 기다리지 않고 보이를 불렀다. 보이는 병 두 개와 유리잔 세 개, 얼음 통이 든 쟁반을 들고 집의 한쪽 모퉁이에 모습을 나타낸다. 보이가 포석 위로 걸어오는 길은 벽과 거의 평행을 이루며, 테이블이 있는 곳에 이르러서는 그림자의 선과 한 점으로 만난다. 둥글고 낮은 테이블 위에 보이가 조심스럽게 쟁반을 올려놓는다. 그 곁에는 코팅된 표지의 소설책이 놓여 있다.

대화의 소재를 제공해 주는 것은 이 소설이다. 복잡한 심리적 갈등을 제외한다면 소설은 아프리카의 식민지 생활에 대한 일상적인 이야기로 돌풍에 대한 묘사, 원주민의 반란, 클럽의 이야기 등등을 담고 있다. A…와 프랑크는 코냑과 탄산수를 섞은 것을 조금씩 마셔가면서 그 소설에 대해 신나게 이야기한다. 안주인은 음료를 세 개의 잔에 따라 나누어 주었다.

책의 주인공은 세관 관리다. 주인공은 관리가 아니라 어느 오래된 상사(商社)의 간부 사원이다. 그 회사는 질이 나빠 자칫하면 사기 행각을 벌인다. 그 회사의 사업은 대단히 훌륭하다. 주인공은 사람들의 말에 의하면 성실하지 못한 사람이다. 그는 성실하다. 그는 전임자가 엉망으로 만들어놓은 상황을 다시 회복하려고 노력한다. 전임자는 자동차 사고로 죽었다. 그러나 주인공에게 전임자가 있을 수 없다. 그 회사는 아주 최근에 설립되었기 때문이다. 또 사고가 아니었다. 게다가 문제가 되는 것은 선박(커다란 흰색 선박)이지 자동차가 아니다.

프랑크는 이와 관련해 고장 난 트럭에 관한 자기 자신의 일화를 이야기하기 시작한다. A…는 예의상 어쩔 수 없이 손님에 대한 관심을 증명하기 위해 자세한 것을 알고 싶어 한다. 손님은 곧 자리에서 일어나 동쪽으로 꽤 떨어진 자기 농장으로 돌아가기 위해 작별을 고한다.

A…는 난간에 팔꿈치를 괴고 있다. 맞은편 골짜기에서 태양이 수평으로 경작지 위쪽의 미개간지에 드문드문 있는

나무들을 비춘다. 나무의 아주 긴 그림자가 굵은 평행선으로 땅 위에 횡선들을 긋고 있다.

골짜기 아래 움푹한 곳을 흐르는 시냇물이 어둠에 싸인다. 이미 북쪽 사면에는 어떤 빛도 들지 않는다. 태양은 서쪽의 솟은 바위 뒤로 숨어버렸다. 암벽의 윤곽은 역광을 받아, 밝게 빛나는 하늘을 배경으로 선명하게 도드라진다. 가파르게 돌출한 선 하나가 끝이 날카로운 돌기에 의해서 고원과 연결된다. 그 돌기는 좀 덜 날카로운 또 다른 돌기와 이어진다.

골짜기 안쪽은 급속도로 빛을 잃는다. 골짜기 사면의 바나나 나무 잎사귀가 황혼 녘에 차츰 희미해진다.

6시 30분이다.

칠흑 같은 어둠과 귀가 따갑게 울어대는 귀뚜라미 소리가 지금 정원과 테라스와 집 주위 사방으로 다시 한번 퍼진다.

잔혹한 치밀성의 미학

하일지

　내가 읽은 소설 중에서 나에게 잊을 수 없는 충격을 준 작품을 열거해 보라고 한다면 나는 서슴지 않고 플로베르의 『보바리 부인』, 카프카의 『성』, 카뮈의 『이방인』 등을 들 것이다. 그런데 그중에서도 빼놓을 수 없는 작품이 하나 있으니 그것이 바로 로브그리예의 『질투 *La Jalousie*』다.

　이 작품이 어째서 그토록 나에게 충격적이었던가 하는 걸 말하기 위해 이 작품의 이야기를 한번 요약해 보자.

　프랑스 식민지로 보이는 아프리카 어느 지역, 바나나 농사를 짓는 지역에 화자와 A…가 살고 있고, 거기에서 얼마간 떨어진 이웃에 프랑크가 그의 아내와 살고 있다. 그런데 프랑크는 종종 화자와 A…의 집으로 와 식사도 하고 마실 것을 마시며 A…와 이야기를 나눈다. 그런가 하면 A…

와 함께 차를 타고 시내로 가 (차가 고장 났다는 핑계로) 하룻밤을 자고 오기도 한다.

이것이 대체적 줄거리다. 이렇게 요약을 해놓고 보면 정말이지 이야기라고 할 것도 없는 이야기다. 파란만장한 인물의 일대기를 구구절절 그리는 소설에 비하면 아무것도 읽을 거리가 없는 소설이라고 할 수도 있을 것이다. 이런 하찮은 이야기밖에 없는 이 소설이 어찌하여 나에게 그토록 충격적이었을까? 그것은 한마디로 말하면 이 작품이 갖는 철저함 혹은 어떤 잔혹함 때문이다.

사실 이 작품 이전의 다른 많은 소설들은 '소설'이요 '문학'이었다 해도 과언이 아니다. 말하자면 소설은 허황된 이야기 형식에 지나지 않았다는 말이다. 이 작품에 이르러 소설 문학은 비로소 허황됨에서 벗어나 과학적이라고 할 수도 있을 철저함을 갖추게 되었다는 것이 나의 생각이다.

그럼 이 작품에서 대체 무엇이 어떻게 철저한지 한번 살펴보기로 하자.

전통적으로 소설의 서술은 우리에게 하나의 재미있는 (혹은 감동인) 이야기를 들려주는 것이었다. 『춘향전』은 성춘향과 이몽룡의 사랑 이야기를, 『죄와 벌』은 한 가난한 법대생이 전당포 노파를 살해하고 급기야 자수하기에 이르는 과정을 들려주고 있다. 따라서 소설을 읽는다는 것은 하나의 이야기를 듣고 있는 것이었다.

그러나 『질투』의 서술은 우리에게 하나의 이야기를 들려준다고 할 수가 없다.

　지금 기둥──지붕의 남서쪽 모서리를 받치고 있는 기둥
──의 그림자는 기둥 밑에 맞닿은 테라스의 동위각을 정확
히 반분하고 있다. 이 테라스는 지붕으로 덮인 넓은 회랑
(回廊)의 형태로, 집을 세 면에 걸쳐 둘러싸고 있다. 테라
스의 폭은 집의 중앙과 양쪽 편이 같기 때문에 기둥이 투사
하는 그림자의 직선은 정확하게 집 본체의 모서리에 가 닿
는다. 그러나 그림자는 그곳에서 끝난다. 태양이 아직 중천
에 떠 있어, 테라스 바닥의 포석들만 비추고 있기 때문이
다. 집의 목조 벽들, 그러니까 정면과 서쪽 박공에는 지붕
때문에 햇빛이 들지 않는다. (이 지붕은 집의 본체와 테라
스를 함께 덮고 있다.) 따라서 지금 이 순간 지붕의 모서리
그림자는 집의 모퉁이, 두 벽면과 테라스 면이 만나 생긴
직각선과 정확하게 일치한다.

　이것이 우리에게 하나의 이야기를 들려준다고 할 수가
있겠는가? 이것이 하나의 이야기를 들려주기 위한 소위 배
경 묘사라고 볼 수가 있겠는가? 그렇게 볼 수 없다. 전통
적 소설에서 말하는 배경 묘사라고 하기에 이 묘사는 독자
에게 어떤 정보도 주지 못한다. 말하자면 이야기를 들려주
는 서술로서 전혀 기능적이지 못하다는 말이다. 기둥 그림
자가 이루는 각도에 대한 이 자세한 서술을 읽으면서 독자
는 오히려 이 (기능성을 상실한) 이상한 서술을 하고 있는
화자를 돌아보게 된다. 화자는 지금 하나의 이야기를 들려

주는 것이 아니라 혼자 중얼거리고 있다고 할 수 있다.

혼자 중얼거리는 것이라고? 그렇다면 왜 혼자 중얼거리고 있는가? 한 페이지 한 페이지 읽어가다 보면 화자가 이토록 혼자 중얼거리는 것은 어떤 특수한 심리 상태, 즉 질투 때문이라는 것을 눈치 채게 된다. 말하자면 지금 화자는 자신의 아내 A…와 프랑크의 일거일동을 의심에 찬 눈으로 지켜보고 있는 것이다. 그렇다. 이 소설은 처음부터 끝까지 질투에 찬 남편(화자)의 고통스러운 관찰의 기록이요, 자폐적인 중얼거림이라고 봐야 한다. 그리고 바로 여기에 이 소설의 극적 긴장감이 있고 경악할 만한 충격적 서사가 숨어 있는 것이다. 한 인간이 이렇게까지 자신의 아내를 집요하게 의심하고 관찰할 수 있다니, 한 인간의 고통스러운 내면을 이다지도 잔혹하게 그려낼 수 있다니, 여기서 독자는 큰 충격과 함께 인간의 한 비극적 속성을 발견하게 되는 것이다.

전통적 소설에서 인간은 성격과 인품을 갖춘 존재였다. 그러나 이 소설에서 인간은 질투에 찬 눈으로 끊임없이 상대를 관찰하고 있는 존재에 지나지 않는다.

이 소설의 서술자는 자신의 존재(즉 질투하는 남편)를 '나'로도 '그'로도 지칭하지 않는다. 소설 전편을 통하여 자신의 존재를 단 한마디도 직접 언급하지 않는다. 그의 존재나 위치는 다만 그의 눈에 비친 사물을 보여줌으로써 드러날 뿐이다. 그것은 흡사 카메라가 카메라 자신의 존재를 드러내 보이지 않지만 카메라에 비친 사물을 통해 그 존재와 위치를 알 수 있게 하는 것과 같다. 그리고 바로 이러한 기법은 이 소설만이 갖는 독창적이고 흥미로운 수법으로 세계 소설 문학사에서도 두고두고 기억될 만한 것이다.

그렇다면 왜 화자는 자신의 존재를 '나' 혹은 '그'로 직접 언급하지 않는가?

첫째, 질투하는 남편이라면 질투하는 자기 자신을 돌아볼 겨를도 없는 것이 사실일 것이다. 그는 오직 의심에 찬 눈으로 상대를 관찰함으로써 스스로를 괴롭힐 것이다. 그것이 곧 질투하는 행위가 아니겠는가?

둘째, '나'란 따지고 보면 '남'을 보는 존재 외에 무엇이 겠는가? 보고 있는 존재 그것이 곧 나인데, 그것을 '나'라 고 지칭하면 그건 '나'가 아닌 하나의 말에 지나지 않는 게 아닌가? 전통적으로 소설에서 인물의 존재는 '나', '그', A…, 엠마 보바리, 라스콜리니코프 등으로 불림으로 써 존재했다. 그러나 이 작품에서 인물은 불리기 때문에 존재하는 것이 아니라 무엇을 보기 때문에 존재하는 셈이 다. 소설의 시점에 대한 연구가들은 흔히 현대 소설의 특 징으로 카메라 아이(camera eye)라는 것을 거론하는데, 이 소설이야말로 그것을 가장 극단적으로 몰아간 작품의 예라 고 할 수 있다.

이 소설에서는 질투하는 남편, 즉 화자 자신의 심리적 상태에 대해 역시 한마디도 직접 언급하지 않는다. 전통적 소설에서 말하는 소위 심리 묘사라는 것은 이 소설에서 완 전히 사라져버렸다고 할 수 있다.

만약 이 소설에서 주인공의 심리를 직접 언급하여 묘사한다면 어떻게 될까? 질투에 찬 남편이 자신의 심리를 묘사한다면 '나는 괴롭다.', '나는 미쳐버릴 것 같다.' 뭐 이런 것들이 아니겠는가? 막상 이렇게 표현해 놓고 보니 얼마나 진부한가. 따라서 이 소설에서는 주인공의 심리에 대한 이런 진부한 묘사를 일체 하지 않는다. 그 대신에 아주 독특한 방법으로 고통받고 있는 주인공의 심리를 보여준다. 그것은 바로 묘사다.

사실 이 소설의 묘사는 세계 문학사를 통하여 그 유례를 찾아보기 힘들 만큼 정교하고 지독하다. 테라스에 앉아 있는 A…와 프랑크의 손가락 사이의 거리, 테라스 위에 남아 있는 A…와 프랑크가 앉았던 의자의 다리 자국들의 위치와 거리, 아무리 사소한 것이라 할지라도 놓치는 법이 없이 집요하게 묘사한다. 이 집요한 묘사 하나하나가 공연히 이루어지는 것이 아니라 주인공의 고통스러운 심리를 드러내 보인다는 걸 생각하면 경이롭고도 잔혹하다 아니할 수 없다.

또 이 소설의 묘사는 일체의 주관적 판단을 배제하고 철저히 객관적으로 묘사하는 것으로도 유명하다. 작품 전체를 통하여 주관적 판단을 드러내는 형용사나 은유는 하나도 찾아볼 수 없다. 오히려 사물을 기하학적으로 보고 묘사함으로써 가히 편집광적이라고 할 수도 있을 만큼 객관성에 천착하고 있다. 일체의 심리 묘사를 배제하고 오직 눈에 보이는 것만을 기술하려고 하는 로브그리예와 당시 누보로망 작가들의 이러한 경향을 두고 혹자는 시선학파(cole du regard)라고 하기도 했다.

돌이켜보면 사물을 주관적으로 윤색하여 말하는 것이 문학의 특권인 줄로 알았다. 가령 '분노하는 태양' 또는 '즐거운 느릅나무' 같이, 문학은 이런 표현들로 문학적 가치가 높아지는 줄로 알았다. 그리하여 문학은 그 고질적 '문학성' 때문에 비아냥의 대상이 되기도 했다.

그런데 로브그리예를 비롯한 일련의 누보로망 작가들은 이런 주관적 표현을 일체 배제하려 했으니, 이는 문학사를 통해 의미 있는 각성이라 아니할 수 없다.

누보로망이라는 것은 사실 소설 문학에 대한 새로운 각성과 철저한 반성에서 나타난 것이라 할 수 있다. 기존의 소설에서 아무 생각 없이 습관적으로 썼던 기법 하나하나를 철저히 돌이켜보면서, 그것들이 안고 있는 잘못을 극복하려고 하는 데서 나타난 것이다. 따라서 그들이 추구하는 것은 허황된 것이 아니라 아주 명쾌한 것이었다.

끝으로 이 작품을 번역하신 박이문 선생님으로 말하면, 깊은 사색이 깃들어 있는 그분의 정갈한 문장으로 인하여 젊은 시절의 나에게는 흠모의 대상이었다는 사실을 고백한다. 선생님께서 번역하신 이 책 뒤에 이런 글을 붙일 수 있는 것을 후학의 한 사람으로서 무한한 영광으로 생각할 따름이다.

사물 세계를 뚫고 나오는 한줄기 의심의 시선

박희원

　로브그리예의 소설을 읽는 일은 괴롭다. 작품은 시작부터 무척이나 낯선 공간으로 독자를 안내한다. 이쪽, 저쪽, 왼쪽, 오른쪽, 수직, 수평 등의 기하학적 지표들이 범람하는 공간은 지루하기 짝이 없고 왠지 모르게 불편하다. 정확성을 자랑하는 기하학적 정보들은 오히려 작품의 공간을 비현실적으로 만든다. 각종 측량과 관측의 정보로 이루어진 이 공간은 제라르 주네트의 표현을 빌리자면 '현기증 나는' 곳이다.

　작가의 시선은 고집스럽게 사물의 표면에만 머무른다. 작가는 비교하거나 판단하는 법이 없으며, 상징 혹은 은유를 쓰는 법이 없다. 작가의 시선은 그저 인간을 둘러싼 사물 세계가 얼마나 견고하게 존재하고 있는지를 확인할 뿐이다. 인간은 헛되이 사물에 끊임없이 심리적, 도덕적, 형

이상학적 의미들을 부여해 왔다. 그러나 인간적인 의미가 착색되면 사물은 본연의 성질을 잃고 인간 세계의 부수적 존재로 전락할 뿐이다. 작가는 그런 오류를 철저하게 배격한다. "세계는 의미 있는 것도 부조리한 것도 아니다. 세계는 단지 있는 것이다. 바로 이것이 세계의 가장 주목할 만한 점이다."라는 작가의 세계관은 이러한 인식을 증명한다. 인간이 마주 대하고 있는 공고한 사물 세계, 인간과 독립적으로 존재하는 현전(現前)의 세계를 그려내는 것, 그것이 바로 로브그리예의 글쓰기 실험이자 야심찬 기획이다.

그러나 이 견고한 사물의 세계, 두터운 그 방어벽을 뚫고 끝내 표출되고 마는 의심의 시선, 그 공고함을 뚫고 비어져 나오는 불안의 징후와 고통받는 한 인간의 정념을 엿보는 순간, 로브그리예의 소설을 읽는 일은 새로운 차원의 즐거움을 선사한다. 어쩔 도리 없이 확고부동한 사물의 세계, 부정할 수 없는 객관의 세계에서 고통받는 무력한 인간을 그려내는 것, 이것이야말로 이 작가의 작품을 '비인간적' 혹은 '탈인간적'이라 비난하던 평자들을 무색하게 만들며 오히려 너무나 '인간적인' 소설의 전형을 보여주는 것이 아닐까?

1957년 미뉘 출판사에서 출간된 『질투』는 그해 겨우 746부의 판매를 기록하는 데 그쳤다고 한다. 그의 이전 두 작품 『고무지우개』와 『엿보는 사람』이 출간되었을 때와 마찬가지로, 이 작품은 당시 프랑스 문단에 극명하게 대립되는 두 반응을 이끌어내었다. 전통적인 소설 형식을 지지하던 사람들은 노골적으로 혐오감을 드러냈으며 작가에 대한 조롱과 비난을 서슴지 않았다. 그러나 장폴 사르트르, 알베르 카뮈, 롤랑 바르트, 모리스 블랑쇼, 조르주 바타이유, 앙드레 말로 등 이른바 20세기를 대표하는 프랑스의 지성들은 작가의 편에 확고하게 서서 그의 문학적 실험을 독려했다.

그렇다면 로브그리예의 대표작으로 꼽히는 『질투』는 과연 어떤 작품인가?

이 작품은 한 남자의 시선이 구축한 세계(vision)이다. 다시 말하면 한 남자가 보고 듣고 겪은 것, 그리고 그것을 다시 반추하고 따져보고 비교하고 의심하고, 무엇보다 자신의 상상력에 의해 조금씩 변형해 나가는 과정을 담고 있다. 이 과정에서 '질투'라는 불안한 감정은 정점을 향해 차오르고, 명확하지 않은 계기로 의심스러운 소강상태에 접어든다.

이야기는 프랑스의 식민지 중 한 곳에 위치한 열대 바나나 농장을 배경으로 한다. 독자는 곧장 시각에 의지해 장면을 묘사하는 누군가의 정신 속으로 안내된다. 그는 집의 형태와 테라스 기둥 그림자가 이루는 각도, 맞은편 바나나 나무의 정렬 상태 등 주위 풍경을 지나치리만큼 꼼꼼하게 묘사하고 있다. 이 사람이 바로 이야기의 중심에 있는 화자이다. 그는 결코 자신을 드러내는 일이 없으며 어떤 대명사로도 지칭되지 않는다. 그의 존재는 식탁에 마련된 사 인분의 식기나, 테라스에 놓인 네 개의 의자 등과 같이 물화된 단서들을 통해 짐작할 수 있을 뿐이다. 이 관찰자가 바라보는 것 가운데는 아내인 A…도 있다. 그는 A…가 등을 돌리고 편지를 읽는 모습을 본다. 또 그녀가 누군가에게 편지를 쓰는 모습도 본다. 이웃집 남자 프랑크의 이야기를 관심 있게 듣는 것을 보고 프랑크에게서 빌린 책을 읽고 질투심 많은 남편에 대해, 또 여주인공의 부정한 행실에 대해 암시적인 대화를 나누는 것도 지켜본다. 이들을 지켜보는 화자의 자리는 그들을 '감시'하기 불편하게 멀찍이 떨어져 있다. 화자가 그들을 보려면 일부러 고개를 크게 돌려야 한다. 이런 자리 배치는 A…의 생각이었다. A…는 모기를 끌어들인다며 테라스에서 램프도 치우게 했다. 테라스는 사물의 희미한 윤곽만 겨우 구분할 수 있을 정도로 어둠에 잠긴다.

한편, 여러 번 반복해서 등장하며 끊임없이 변형되는 '지네' 장면에는 금방이라도 분출할 듯한 에너지와 관능이 스며들어 있다. 식사 도중에 벽에 나타난 지네를 보고 A…가 신음처럼 외마디 소리를 내뱉는다. 그러자 프랑크는 조용히 자리에서 일어나 냅킨을 말아 쥐고 힘차게 내리쳐 지네를 죽인다. 이어 하얀 식탁보를 움켜쥐고 경련하는 A…의 손이 클로즈업된다. 그 손은 뒤에 등장하는 장면에서는 어느덧 침대보를 잡고 경련하는 것으로 변형되고 프랑크는 냅킨이 아니라 침실의 수건으로 지네를 죽이는 것으로 그려진다. 두 장면 사이에는 시내에 함께 갔던 A…와 프랑크가 예기치 않은 자동차 고장으로 하룻밤을 묵고 오는 사건이 자리 잡는다.

시내에서 돌아온 A…는 평소보다 수다스럽고 상냥하다. 그러나 시내에서의 일에 대해선 늘 그렇고 그런 얘기라며 언급을 피한다. 아내가 집을 비운 사이에 화자는 고무지우개와 면도칼을 가지고 (아내의 부정의) 흔적들을 지우러 다닌다. 식당 벽 위, 프랑크의 손에 으깨졌던 지네의 흔적을 지우고, 파란색 편지지 위에 남아 있는 아내의 필체를 지운다. 아내가 돌아오기를 기다리며 테라스에 앉아 있는 화자의 주위로 난간의 세로 살과 마루 위에 길게 난 홈들, 벽의 나무판자의 홈이 긴 그림자를 이루며 마치 하나의 감옥인 양 화자를 옥죈다. 질투라는 감정에 갇혀버린 화자의 처지를 극명하게 대변하는 장면이다.

작품을 읽은 이라면 짐작하겠지만 이런 이야기 전개에는 실제와 기억, 관찰과 경험이 교묘하게 섞여 들어간다. 따라서 '사실'에 입각한다면 어느 하나도 확실한 줄거리라고 단언할 수 없다. 그렇다면 이 작품의 진정한 가치는 특별한 사건이나 흥미로운 줄거리가 아니라, 작가 특유의 스타일과 세계관에서 비롯되는 것이 아닐까? 이제 작품의 특징을 구현하는 몇몇 장치를 살펴보기로 하자.

눈——세계와 의식 사이의 교전지

20세기 초에 영화가 소설 장르로부터 무한한 상상력과 기법을 빌려왔듯, 오늘날 소설은 영화 장르로부터 수많은 수사와 서술적 장치를 빌려오고 있다. 소설을 읽듯 영화를 보고, 영화를 보듯 소설을 읽는 장르의 하이브리드는 우리가 쉽게 접할 수 있는 하나의 양식이 되었다. 영화감독과 제작자로서 활발한 활동을 벌이고 있는 작가이니만큼, 로브그리예에게 영화는 또 다른 매혹의 대상이다. 영화에 대한 작가의 관심은 이른바 '시네 로망'이라는 새로운 장르를 탄생시켰을 뿐만 아니라, 작품 속에 영화의 '카메라'를 연상시키는 무소불위의 '시선'을 도입하기에 이른다. 몇몇 평자들은 카메라의 객관성을 문학 작품 속에 빌려왔다고 하여 로브그리예의 문학을 '객관적 문학(litterature objective)'이라고 명명하기도 한다. 그러나 카메라가 결코 객관적이지 않듯, 시선도 객관적이지 않다. 오히려 시선은 인간의 오감 가운데 가장 '믿을 수 없는' 것이다. 시선이야말로 인간의 욕망에 철저하게 종속된 감각이다. 로브그리예가 무엇보다 '시각'에 큰 힘을 부여하는 것은 그것의 이중적인 성질 때문이다. 시각은 대물렌즈(objective)처럼 사물 세계와 직접 접촉하는 면인 동시에 그 발원지인 의식으로부터 끊임없이 주관화 과정을 겪게 되는, 이른바 객관의 사물 세계와 주관인 의식 사이의 교전지이다. 여기서 불어 단어 objective는 '객관적인'과 '대물렌즈'라는 두 가지 뜻 사이의 미묘한 역설을 드러낸다. 로브그리예는 말한다. "영화에서 누보로망 작가들을 열광시키는 것은 카메라의 객관성이 아니다. 그것은 전혀 객관적이지 않은 것, 꿈이나 기억에 다름 아닌, 한마디로 상상에 지나지 않는 것을 명백한 객관의 외형으로 제시할 수 있는 카메라의 가능성이다. 즉 영화는 모든 관념마저도 구상적인 오브제를 통해서 가시화함으로써 무소부지(無所不至)의 시선 아래 최적화

된 세계를 보여준다."

"……한편, 비록 사람들이 (나의 소설에서) 과학적이고 상세하게 묘사된 많은 사물을 발견하게 될 경우에도 거기에는 언제나 그리고 우선적으로 그 사물을 보고 있는 '시선'이 있다."는 작가의 진술은 그의 소설에서 인간의 자리가 어디인지를 알려준다. 극사실주의 회화와 같이 엄격하게 객관화된 사물 묘사는 그러나 예외 없이, 바라보는 인간의 자리를 비춰주는 '거울'로 기능하는 것이다.

시간 —— 항구적으로 지속되는 현재

이 작품을 가장 쉽고 명료하게 분석한 비평가 브루스 모리싯에 따르면 『질투』에서 작가가 전개해 나가는 시간의 양상은, 프루스트처럼 과거의 한 사건 속으로 돌아가는 것도 아니고, 앙드레 지드나 사르트르처럼 여러 차원의 시간을 차곡차곡 쌓아가는 것도, 포크너처럼 이야기를 모호한 시간의 순서 속으로 헝클어뜨리는 것도, 헉슬리나 그린처럼 현재와 먼 과거가 서로 끼어드는 것도 아니다. 그렇다고 추리 소설에서 흔히 보듯 마지막 반전을 위해 거짓 시간을 만들어내거나 시간의 순서를 뒤집는 것도 아니고, 영화에서 쓰이는 플래시백 기법처럼 과거를 현재에 불러들이는 것도 아니다.

작가가 시도하는 것은 단순하고 명료한 방식으로 또한 가능한 한 객관적으로, 질투하는 남편의 정신 혹은 심리 상태를 창조하는 것이다. 이 인물이 보고 듣고 만지고 생각하는 것들, 그가 겪고 괴로워하고 관찰하고 떠올린 사건들은 그의 경험과 상상에 지배받는 내적 시간(le temps intérieur)에 따라 하나의 총체적인 '경험'을 구성한다. 작품은 바로 그 '경험'에 다름 아니다.

작품에서 시간의 흐름을 알려주는 지표는 해의 높낮이, 기둥의 그림자 길이와 각도, 시냇물 위의 통나무 다리를 수리하는 인부들의 위치와 작업의 진행 상황, 농장에 심은 바나나 나무의 수확 상태 정도이다. 그러나 이들 지표마저도 선적인 시간을 재건하는 데 도움이 되지 않는다. 오히려 선적인 시간을 더욱 모순되게 할 뿐이다. 끊임없이 등장하는 시간 부사 '지금(maintenant)'은 구체적으로 언제를 가리키는지 알 수가 없다. 그것은 오로지 화자의 경험 세계에 비춰서만 유의미한 것이다. 철저하게 주관적인 이 시간은 끝도 시작도 알 수 없는 무한 순환의 고리 속에 존재한다. 작품의 첫 구절 '지금 기둥의 그림자는 기둥 밑에 맞닿은 테라스의 동위각을 정확히 반분하고 있다.'로부터 마지막 구절 '6시 30분이다. 칠흑 같은 어둠과 귀가 따갑게 울어대는 귀뚜라미 소리가 지금 정원과 테라스와 집 주위 사방으로 다시 한번 퍼진다.'에 이르는 작품의 세계는, 마치 영사기의 광원이 꺼지면 소멸하는 영화 속 세계와 마찬가지로 화자의 시선, 그리고 그의 눈을 통해 바라보는 독자의 시선이 떠나면 사라져버린다. 영사기 속에 갇혀버린 세계처럼 화자의 기억 속에 갇혀버린 이 시간은 항구적인 현재의 상태로 계속되고, 그 속에서 아내를 의심하는 한

남자의 질투와 불안의 그림자는 영원한 긴장 속에 빠져들
게 된다.

공간——모든 의미를 향해 열려 있는 텅 빈 공간

　편집증적으로 보고되는 마이크로 월드. 수많은 관찰의
기록이 빽빽하게 들어찬 이 공간은 그러나 역설적으로 텅
비어 있다. 끊임없이 주위 세계를 훑지만 반대로 아무것도
담지 못하는 주인공의 텅 빈 동공(洞空)처럼 말이다. 로브
그리예의 공간이 빚어내는 이 역설을 롤랑 바르트는 이렇게
설명하고 있다. "로브그리예는 각종 지리적 개념들을 마음
껏 쓰면서 (단일하고 통일된) 고전적 공간을 조롱하고 있다.
그의 묘사는 세계의 실체가 고착되는 것을 막고, 아울러 그
실체를 (과장된) 공간의 압력 아래 증발시켜 버린다. 로브
그리예가 사용하는 정밀한 수치들과 지형학에 대한 강박증
은, 사물들을 과장되게 위치시킴으로써 오히려 사물의 단일
성을 파괴한다. 다시 말해 세계의 실체를 각종 선과 방향의
더미 속에 익사시키고 있다. 그는 고전적인 명칭들(왼쪽,
오른쪽 등등의 지시어들)을 남용함으로써 결국은 전통적인
공간을 분열시켜, 그곳에 완전히 새로운 공간, 시간적 깊이
를 갖춘 미증유의 공간을 창조하고 있다."
　이 공간은 인과적 의미가 침범할 수 없는 텅 빈 공간이
다. 그곳에서 의미란 온전한 자리를 얻지 못하며 언제나
가설의 형태로만 떠돈다. 하나의 의미가 탄생하는 순간,

그것은 또 다른 의미에 의해 부정당하고 지워진다. 마치 주인공이 아내의 불륜 혐의를 포착하는 순간 곧바로 다른 해석을 불러들여 스스로의 의심을 부인하듯, 계속되는 모순과 부정의 메커니즘을 통해 소설은 항구적으로 텅 빈 공간을 유지한다. 바로 그 속에, 질투가 아닌 질투의 그림자가, 욕망이 아닌 욕망의 그림자가 영원히 끝나지 않는 현재의 상태로 도사리고 있는 것이다.

로브그리예의 작품이 선보이는 이 낯선 세계, 인과적 의미가 침범할 수 없는 텅 빈 공간과 무한히 순환하는 '지금, 여기'의 세계는, 그러나 필연적으로 수많은 의미를 불러들일 수밖에 없다. 독자들이 자신의 독서 체험에 따라 작품의 내용을 해석하고 그 의미를 발견할 때, 독자는 어느덧 작가의 일부가 된다. 따라서 독자의 경험 세계가 다양할수록 이 작품이 담게 되는 내용도 풍부해질 것이다. 그런 의미에서 본다면 로브그리예의 작품은 여전히 발전 중에 있다. 그 발전은 작가와 비평가, 독자 모두에 의해 진행된다. 우리가 로브그리예 작품의 의미를 찾으려고 노력하는 한 우리는 또 다른 작가가 되기 때문이다. 결국 롤랑 바르트가 정확하게 지적했듯, 로브그리예의 작품은 한 사회가 경험하는 모든 의미의 시험대가 되며, 작품의 역사는 곧 그 사회의 역사가 될 것이다.

작가 연보

1922년 8월 18일 프랑스 브레스트(Brest)에서 출생하다.

1942년 국립농업기술학교 INA(L' Institut National Agro-nomique)에 입학하다.

1945년 국립통계연구소 INSEE(L' Istitut National de la Statistique et des Études Économiques)에 근무하다.

1949년 국립통계연구소를 그만두고 상대적으로 자기 시간을 더 가질 수 있는 호르몬 및 인공 수정 연구 센터에서 일하며 틈틈이 글을 쓰다. 황소의 유전적 계통수(系統樹)를 그린 종이 뒷면에 첫 번째 소설 『어느 시역자 *Un Régicide*』를 쓰다. 프랑스의 명문 갈리마르 출판사에 보내보지만 출판을 거절당하다. 원고가 작가이자 비평가인 장 폴랑(Jean Paulhan)의 눈에 띄어, 미뉘(Minuit) 출판사의 문학 고문을 맡고 있던 조르주 랑브리치(Georges Lambrichs)에게 전해지다.

1950년 식민지 과실 및 감귤류 연구소의 농림 기사로 일하며 기니, 모로코, 마르티니크 등지에 체류하다 건강상의 이유로 식민지에서의 생활을 접고 프랑스로 귀환하다. 돌아오는 배 위에서 『고무지우개 *Les Gommes*』를 쓰다. 글쓰기에 전념하기 위해 직장을 그만두다.

1952년 『고무지우개』 원고를 랑브리치에게 보여 좋은 평가를 받다. 미뉘 출판사 편집장인 제롬 랭동(Jérôme Lindon)에게 소개되다. 제롬 랭동이 『고무지우개』를 미뉘 출판사에서 출간할 것을 제안하다.

1953년 『고무지우개』가 전반적인 무관심 속에서 출간되다. 몇몇 언론은 비우호적인 반응을 보이고 다른 언론들은 침묵을 지키다. 한편 바르트(Barthes)와 장 카이올(Jean Cayrol)은 새로운 작가의 탄생에 주목하다.

1955년 『엿보는 사람 *Le Voyeur*』이 역시 미뉘 출판사에서 출간되다. 1957년까지 약 만 부가량이 판매되다. 바타이유(Bataille), 장 폴랑, 블랑쇼(Blanchot) 등의 지지에 힘입어 그해 '비평가 상'을 수상하다. 그러나 반대 의견도 만만치 않게 일어, 가브리엘 마르셀(Gabriel Marcel)은 크게 반발했으며 앙리 클루아르(Henri Clouard)는 심사 위원 직을

사퇴했고, 에밀 앙리오(Emile Henriot)는 《르 몽드》지의 기고문을 통해 로브그리예의 작품은 문학 심사 위원들에게 올 것이 아니라 경범 재판소에나 가야 마땅하다고 비난하다.

한편 바르트와 블랑쇼는 《비평 *Critiques*》지와 《N.R.F.》지 등을 통해 연일 로브그리예의 작품을 높이 평가하는 글을 발표했으며, 카뮈(Camus)와 브르통(Breton) 역시 그에게 지지를 보내다. 이에 힘입어 로브그리예는 델 뒤카(Del Duca) 재단의 지원금을 받으며 《렉스프레스 *L' Express*》지에 「오늘날의 문학」이란 제목의 글을 9회에 걸쳐 연재하다. 1955년 10월부터 1956년 2월까지 발표한 이 글들은 로브그리예의 문학관을 설명하는 것으로, 훗날 『누보로망을 위하여』라는 제목으로 묶여 미뉘 출판사에서 출간되다.

이해에 만난 평론가 브루스 모리싯(Bruce Morissette)과의 인연으로 로브그리예와 그의 작품이 미국 대학에 소개되다. 로브그리예는 1960년대 미국 문학계의 스타로 부상하다.

1957년 『질투 *La Jalousie*』가 미뉘 출판사에서 출간되다. 이 작품은 그해 겨우 746부가 팔렸을 뿐이다.

　　카트린 라스타키안(Catherine Rastakian)과 결혼하다.

1959년 『미궁 속에서 *Dans le Labyrinthe*』를 출간하다.(미뉘 출판사) 처음으로 언론의 뜨거운 조명을 받다. 그러나 바르트는 작품을 혹평하다.

1960년 프랑스의 대 알제리 전쟁에 반대하는 121선언에
서명하다. 이 선언에 서명한 지식인들에 대한 공
공연한 핍박 속에서도 앙드레 말로(André Malraux)
는 로브그리예에 대한 지지를 공식적으로 선언
하다.

1961년 대사와 시나리오로 구성된 『지난해 마리앙바드
에서』를 발표하고, 알랭 르네(Alain Renais) 감독
이 이를 영화화하다. 영화를 본 브르통은 영화
가 자신의 초현실주의를 모독했다며 격노하다.
한편 영화는 그해 베니스 영화제에서 황금 사자
상을 수상하다. 심사 위원들 간에 불꽃 튀는 논
쟁이 벌어지고, 영화는 전 사회적인 신드롬을
일으키며 언론에 대서특필되다. 사르트르는 영
화의 시사회 자리를 빌려 로브그리예에 대한 지
지를 다시 한번 천명하다. 미뉘 출판사에서 '시
네 로망(Ciné-Roman)'이란 장르를 표방하며 이
작품을 출간하다.

1962년 소설집 『짧은 순간의 노출 Les Instantanées』을 출
간하다.(미뉘 출판사)

1963년 자신의 문학 이론을 집대성한 『누보로망을 위하
여』를 출간하다. 처음으로 직접 감독 및 제작한
영화 「불멸의 여인 L' Immortelle」이 루이 델뤽
(Louis Delluc) 상을 수상하지만 흥행에는 참패하
다. 영화를 토대로 한 같은 제목의 시네 로망이
미뉘 출판사에서 출간되다.

1965년 소설 『쾌락의 집 *La Maison de Rendez-vous*』을 출간하다. (미뉘 출판사)

1966년 영화 「유럽 횡단 특급 열차 *Trans-Euros-Express*」를 제작 및 감독하다. 상은 못 받았지만 흥행에는 대성공을 거두다.

1968년 영화 「거짓말하는 남자 *L'Homme qui Ment*」를 제작 및 감독하다. 이 영화로 1969년 베를린 영화제 시나리오 상을 수상했으나 흥행에는 실패하다.

1970년대 미국 유수의 대학들에서 초빙되어 강의를 하다.

1970년 소설 『뉴욕에서의 혁명 계획 *Projet pour une Révolution à New York*』을 출간하다. (미뉘 출판사) 바르트가 라이프니츠의 운동 이론을 완벽하게 형상화한 작품이라며 극찬하다.

1971년 영화 「에덴 동산과 그 이후 *L'Eden et Après*」를 제작 및 감독하고, 라퐁 출판사에서 데이비드 해밀턴(David Hamilton)의 사진을 곁들인 『아가씨들의 꿈 *Rêves de Jeunes Filles*』을 출간하다.

1972년 라퐁 출판사에서 『해밀턴의 아가씨들 *Demoiselles d'Hamilton*』을 출간하다.

1974년 영화 「쾌락의 점진적인 이동 *Glissements Progressifs du Plaisir*」을 제작 및 감독하다. 이 영화는 이탈리아에서 미풍양속을 해치고 외설적이라는 이유로 상영이 금지되다. 동명의 시네 로망이 미뉘 출판사에서 출간되다.

1975년 영화 「불장난 *Jeu avec le Feu*」을 제작 및 감독하다.

1976년 소설 『아름다운 포로 *La Belle Captive*』를 마그리트(Magritte)의 그림과 함께 출간하다. 소설 『유령 도시의 위상학 *Topologie d'une Cité Fantôme*』을 출간하다. (미뉘 출판사)

1977년 소설 『거울의 사원 *Temple aux Miroirs*』을 이리나 이오네스코(Irina Ionesco)의 사진과 함께 출간하다.

1978년 『황금 삼각형의 추억 *Souvenirs du Triangles d'Or*』을 출간하고, (미뉘 출판사) 처녀작인 『어느 시역자』를 삼십 년 만에 출간하다. (미뉘 출판사) 《미뉘》지에 「스스로가 말하는 로브그리예」를 게재하다. 첫 번째로 한국을 방문하다.

1982년 「아름다운 포로」를 영화로 제작, 감독하다.

1984년 자전적 소설 『히드라의 거울 *Le Miroir qui Revient*』을 출간하다. (미뉘 출판사)

1987년 『앙젤리크 또는 매혹 *Angélique ou l'Enchantement*』을 출간하다. (미뉘 출판사)

1994년 『코린트의 마지막 날들 *Derniers Jours de Corinthe*』을 출간하다. (미뉘 출판사)

1995년 영화 「미치게 하는 소리 *Un Bruit qui Rend Fou*」를 공동 제작하다. 베를린 영화제 공식 선정작이 되나 흥행에는 참패하다.

1997년 10월 두 번째로 한국을 방문하다.

2001년 여든의 나이로 소설 『반복 *Reprise*』을 발표하다. (미뉘 출판사)

세계문학전집 **84**

질투

1판 1쇄 펴냄 2003년 8월 30일
1판 37쇄 펴냄 2023년 2월 2일

지은이 알랭 로브그리예
옮긴이 박이문, 박희원
발행인 박근섭, 박상준
펴낸곳 (주)민음사

출판등록 1966. 5. 19. (제 16-490호)
서울특별시 강남구 도산대로1길 62(신사동) 강남출판문화센터 5층 (우편번호 06027)
대표전화 02-515-2000 팩시밀리 02-515-2007
www.minumsa.com

한국어 판 ⓒ (주)민음사, 2003. Printed in Seoul, Korea

ISBN 978-89-374-6084-5 04800
ISBN 978-89-374-6000-5 (세트)

세계문학전집 목록

세계문학전집은 계속 간행됩니다.